维吾尔族民间故事精选

# 明天吃饭不要钱

赵世杰 编译

新疆美术摄影出版社
新疆电子音像出版社

**图书在版编目（CIP）数据**

维吾尔族民间故事精选. 明天吃饭不要钱 / 赵世杰编
译. — 乌鲁木齐：新疆美术摄影出版社：新疆电子音像
出版社, 2012.2 （2015 年 4 月重印）

ISBN 978-7-5469-2133-4

Ⅰ.①维… Ⅱ.①赵… Ⅲ.①维吾尔族 – 民间故事 –
作品集 – 中国 Ⅳ.①I277.3

中国版本图书馆 CIP 数据核字（2012）第 025699 号

**维吾尔族民间故事精选**

明天吃饭不要钱　　　　　　　　赵世杰 / 编 译

| | | |
|---|---|---|
| 责任编辑 | 高雪梅 | |
| 书籍设计 | 王 芬 | |
| 绘　图 | 孙与泽 | |
| 出　版 | 新疆美术摄影出版社 | |
| | 新疆电子音像出版社 | |
| 地　址 | 乌鲁木齐市经济技术开发区科技园路 5 号　邮 编 830026 | |
| 电　话 | 0991-3776536 | |
| 印　刷 | 三河市燕春印务有限公司 | |
| 发　行 | 新华书店 | |
| 开　本 | 787 mm × 1092 mm 1/16 | |
| 印　张 | 11 | |
| 字　数 | 58 千字 | |
| 版　次 | 2015 年 4 月第 2 版 | |
| 印　次 | 2015 年 4 月第 1 次印刷 | |
| 书　号 | ISBN 978-7-5469-2133-4 | |
| 定　价 | 29.80 元 | |

# 目　录

# 山鹰救孔雀

　　有一天,人们来到园子里,兴致勃勃地望着孔雀五色斑斓的羽毛,滔滔不绝地夸奖起来:"乖乖,真主把人世间所有的美丽都赐给了孔雀!瞧,它是多漂亮、多幸福、多威风的鸟啊……"这时,一只山鹰扇着翅膀从园子上空飞过,它听到人们在夸耀孔雀,便飞落在园子正中的高塔顶上,仔细听起来。

　　孔雀听到人们在夸奖它,抬举它,它陶醉了,显得格外神气。最后,它再也沉默不住了,用鄙夷的目光瞥了落在塔顶上的山鹰一眼,用嘲讽的口吻对人们说道:"哼,你们有所不知,真主最憎恶这种鸟了!"

　　山鹰听了异常气愤,可它并没有还嘴,张开翅膀飞向天空,在园子上空盘旋起来。飞旋了几圈,朝地面上一看,见一只狼从墙洞里溜进园内,躲藏在墙角在打孔雀的主意哩。孔雀吓得东躲西藏,惊恐万分;可是,怎么也无法把美丽的羽毛收藏起来。山鹰见孔雀

1

有丢掉性命的危险，它并不计较孔雀对它的蔑视，当即俯身朝狼冲下来。山鹰的翅膀发出排山倒海的声音，人们惊呆了，抬头一望，只见山鹰用它锐利而有力的两只爪子，敏捷地逮住狼把它带上了天空，"呼哧呼哧"地飞走啦。

人们见此情景，再也不夸耀孔雀了，望着远远飞去的山鹰，争相赞扬起山鹰的勇敢。从此以后，民间流传下来了这样一句谚语："孔雀的翅膀虽然美丽，可却没有山鹰飞得高。"

# 一群石鸡

古时有两座大山,一座叫白山,一座叫黑山,两山相距甚近。白山有一群石鸡,无论干什么事,总先要向自己的首领——老石鸡讨教。

年复一年的过去了。有一天,饱经忧患的老石鸡,召集起所有石鸡,对它们说道:"孩子们,多少个年头过去了,咱们精诚团结,有事总是商量着办,日子过得挺美好。到今天为止,还没发生争争吵吵,记成见图报复的事。现在我老了,不中用了,两条腿已进到坟墓里——命在旦夕。在我过世之前,我想给你们留下几句遗言。"

石鸡们一听,面面相觑,暗暗悲伤,异口同声地说:"尊敬的长者,请您说吧!"

老石鸡语重心长地说道:"孩子们,我有三句遗言要留给你们:第一句,你们要永远相亲相爱,和和睦睦地生活在一起,莫吵嘴打架,别制造纠纷,遇事要同你们的首领商量;第二句,任何时候都不

能离群、单独任意乱飞胡窜；最后一句，别去对面那座黑山上，如非去不可的话，千万要谨慎小心，大家同往同返。"

听了老首领的话，石鸡们很是感动，满怀敬意地说道："敬爱的长者，您放心好了。我们一定照着您的遗言办。"

没过多久，老石鸡就死去了。从此，石鸡们遇事总是先找新推举的首领商量着办，日子比以往过得还亲密和睦。一天上午，出外觅食吃的石鸡很早就听一个伙伴告诉过它："黑山树木成阴，风景绮丽，就是冒险也罢，也值得去一趟。"这天，这只石鸡心想："现在伙伴们朝巢窝飞去了，正是我去黑山玩得好机会！"想着，拍打翅膀朝着黑山飞去。

飞呀飞，究竟飞了多远，连它自己也不清楚。不过，最终还是飞到了黑山上。一瞧，嗬！果然名不虚传。这里梧桐遍野，松柏参天；芳草绿茵青翠，百花姹紫嫣红；山泉银水淙淙潺潺，林间深谷幽幽静静。石鸡一边尽情欣赏着大自然的瑰丽景色，一边心中愤愤不平起来："唔，原来老首领怕我们留恋这儿的美景，怕我们不回白山去，才干嘱咐万叮咛，叫我们不要来这儿。白山寸草不生，每天都要飞到遥远的地方去寻食，又劳累，又寂寞，到头来还要死在万丈石崖绝壁间，好凄惨呀！"石鸡为了欣赏更秀丽的景色，又鼓起翅膀向前飞去。飞着飞着，忽见地上撒下一把黄澄澄的玉米。因为飞了很多路程，肚子早就饿得咕噜噜叫了，见了玉米可高兴极啦。它在空中盘旋了两圈，徐徐飞落下来吃食。这时，暗暗躲在一棵大树背后的猎人，等候了半晌不见飞鸟的影子，困乏得睡着了，手里的线绳掉在地上。他醒来一瞧，见一只石鸡在鸟网里吃食，连忙捡起绳子一拉，石鸡的两条腿就被死死套住了。

飞回巢窝的石鸡，由首领一个一个数了一遍，发现少了一个伙伴，便立刻派出一只石鸡去寻找。这只石鸡飞着叫着，飞了很远很远的路程后，终于找到了离群的石鸡。一看，伙伴伸展两翅匍匐在地上，面前撒满了玉米，心里想："它一定是贪食，吃得太饱肚子撑住了，飞不起来了！"想着，飞落在伙伴身旁，没问声"你好吗"，就忙着啄吃起玉米来。猎人见状，心中说："啊，我又捕到一只。"把线绳一拉，就套住了石鸡。这时候，猎人越发高兴，自言自语道："肯赐给我两只石鸡的真主，肯定会赐给我三只的。"他手攥线绳，背靠大树，坐下专等石鸡飞来。

太阳快落山了，还不见两只石鸡回来。石鸡们惦念伙伴，想起了老首领的遗言，由新首领亲自率所有石鸡集体出去寻找。一群石鸡，高飞一阵，低飞一阵，飞着飞着，忽见两只石鸡在地上被鸟网套住了，这可把它们吓坏啦！猎人老远看见成群结队的石鸡飞来，顿时眉开眼笑，他想一网打尽，满载而归。

石鸡的首领见势不妙，对伙伴们说："要搭救出两个伙伴，现在只有一条主意了：咱们大伙猛朝鸟网冲去，把鸟网和伙伴一起带走。"石鸡们咕咕咕应承着，奋不顾身地朝鸟网飞冲去，用嘴衔着鸟网把石鸡和鸟网一起带上天空，直朝白山飞去。猎人目瞪口呆，摸着下巴，望着远远飞去的一群石鸡，木然地站在那里。

　　一群石鸡飞呀飞呀，飞了半晌，来到自己的故居——白山。它们立即用嘴啄断套在两只石鸡腿上的网绳，把伙伴解救出来。自此以后，这群石鸡牢牢铭记老首领的遗言，白天出去觅食，总是同去同归，从不分离，日子过得和往常一样安然太平。

搜集：库尔班·亚生

# 斑鸠脖子上为何有黑项圈

有个虔诚敬神的女人。这家只有这个女人和一个独生女儿两人，女人是后娘，家境贫寒，母女俩靠纺线维持生计。

一天，后娘打发女儿到隔壁去借箩，女儿一去没有回来。后娘等得不耐烦了，进邻居家一看，只见女儿头上围着一条崭新的红头巾，身穿漂亮连衣裙，规规矩矩在院子里坐着。后娘大为惊讶，质问："你这是干什么？"

原来，女儿去借箩，爱上邻居家小伙，当即就嫁给了他。后娘气愤不已，一把拽着女儿把女儿带回家，冲着她大发脾气："我把你从小娃娃拉扯成大姑娘，你也不问问我，就自作主张嫁男人？"

骂着，拿箩朝女儿头上打去，箩套在了女儿的脖子上。后娘火爆爆地诅咒道："哼，我要叫你变成畜生！"

后娘的话音刚落，女儿就变成了一只斑鸠，箩就变成了它脖子的黑项圈。

# 乌鸦吃雪鸡的结果

　　有一天,雪鸡和乌鸦准备决斗,条件是:谁要是被斗倒,胜利者就吃掉失败者。于是这两只飞鸟经过整整七天七夜的激烈搏斗,最后乌鸦把雪鸡斗倒在地,正打算要吃它时,雪鸡翻了个个儿从地上站起来,满脸堆笑说:"嗨,乌鸦,飞禽中数你最懒散丑陋、最肮脏龌龊了,你先飞往有水的地方去,把嘴巴洗干净再来吃我吧。"

　　乌鸦为了找水,飞啊、飞啊,不停地飞行了四十一个昼夜,终于找到了一口井,可是,它下到井里又怕上不来,踌躇半晌,望着井里的水说:"井水朋友,请给我水,我洗洗嘴巴,去吃雪鸡。"

　　井水笑微微地说:"这口井里的水,是我为那些漂泊流浪的人和往来过路的商队们贮存的。你去找个罐子吊在井里,我给你一罐子水。"

　　乌鸦为了找罐子,连续飞行了好几天,来到一个村庄。望见一堆垃圾上扔着一个残缺不全的罐子,便恳求道:"罐子朋友,请你变完整吧，我拿你去打水，洗洗我的嘴巴，好去吃雪鸡的肉。"

罐子听了，一下子站起来说："你别看我被扔在垃圾堆上，我是我的主人花费了许多劳动，从遥远的深山采来胶土，和成胶泥，制成模型，装进窑里，用柴火烧成罐儿的。"

乌鸦又去找胶土。它飞了半晌，找到了一堆胶土，说：

"胶土朋友，请给我胶土，我造个罐子，打水来洗洗嘴巴，去吃雪鸡。"

胶土对乌鸦说："我在这儿以贮存了好多年代。我的方圆住着很多人，他们来这儿弯腰弓背，额头流汗，用辛勤的劳动采我去造成罐子使用。我愿给你胶土，不过你先去找副山羊角来吧。告诉你，将山羊角粉碎成细末，拌胶泥造罐子才瓷实呢。"

乌鸦想："雪鸡的肉一定很香，我费尽力气斗败了雪鸡，不吃它的肉，我才是傻瓜哩。"想着又振翅启程了。飞行了好几天，来到一座大山上，在一个山洞里找到了有两只山羊的崽儿。乌鸦对山羊说："山羊朋友，请把你的角给我，我粉碎拌在胶泥里做个罐子，打水来洗洗嘴巴，去吃雪鸡。"

山羊指着卧在自己身旁的两个崽儿，说："我在这儿已生活了许多年，日子过得好艰难哟。我每天都去遥远的地方采青草来喂养我这两个孩子，我的角是用来防御猛兽的。既然你远道来了，我就慷慨送给你吧。不过，你得先为我们去寻找足够吃十天半月的青草，我才能给你呀。"

乌鸦一脸茫然，但还是上了路。它飞了几天后，来到一座长满

青草的山上,面对着青翠油绿的草儿,眼泪汪汪地说:"青草朋友,请给我草儿,山羊吃了会给我羊角,我粉碎拌入胶泥,造个罐子,打水来洗洗我的嘴巴,好吃雪鸡。"

青草对乌鸦说:"这儿满山遍野是娇嫩的野草,你去拿一把镰刀来,自个儿割一捆带去。"

乌鸦又去寻找镰刀。它来到一把镰刀跟前,说:"朋友,给我镰刀,我去割草,山羊吃了给我羊角,我粉碎拌胶泥,造个罐儿,打来井水,洗洗嘴巴,去吃雪鸡。"

镰刀说:"我是铁匠师傅打造的。你去找找铁匠师傅吧,请他给你一把镰刀。"

最后,乌鸦去到铁匠师傅跟前,把自己一路受的苦哽哽咽咽地说了一遍,恳求师傅给它一把镰刀。铁匠问乌鸦:"要是我给你把镰刀,你如何拿回去呀?"

"请你挂在我的脚上吧。"乌鸦说。

"不行呀,会掉下去的。"

"要不,你就挂在我的脖颈上。"

"也好,也好。"铁匠说着,将镰刀弯儿挂在乌鸦的脖子上。

乌鸦喜出望外,振振翅膀飞上了天空。飞了不一会儿,犀利的镰刀便割断了乌鸦的脖颈,尸体掉在茫茫的沙海里,成了野兽的食物。

搜集:买木提明·哈吾提

10

# 鸡为什么不能高飞

鸡和别的鸟一样能够展翅飞翔，经常飞往崇山峻岭，一边徜徉，一边觅食，吃得好肥好肥。它吃饱肚子后，就在伙伴们面前不住口地大吹大擂起来："你们瞧，我的翅膀又长又大，冠顶多美丽，啼叫多嘹亮呀！"

一天，鸡跟鸟类里最厚道的雪鸡碰在一起，并在雪鸡面前随心所欲地拍打着翅膀，傲慢地开腔道："瞧，我的翅膀多么长呀！我凭借这两只长长的翅膀，就可以从这座山飞往那座山上。"

雪鸡听了，平心静气地说："能不能飞行蛮长的路程，并不取决于翅膀的长短，而在于是否掌握了飞行技巧。"

听了雪鸡的话，鸡勃然大怒，回敬雪鸡道："噢，由于你的翅膀短，你才嫉妒老子的本事，说这话哩！那么，你敢不敢跟我比赛？"说罢，神气十足地拍打了一下翅膀。

"比就比呗。"雪鸡说。

11

鸡跟雪鸡开始比赛飞行，由于鸡一起飞就飞得很猛，飞着飞着，还没飞到商定的地点鸡就呼呼喘气，浑身无力，半路上掉落进一个庄户人家的院落里，碰得头破血流。鸡输了，输得很惨，无脸跟别的伙伴们见面，害臊得不敢去野外，最后变成了家禽，更不能高飞啦。可是，雪鸡却安然地飞到了目的地，落在高高的山顶上，在那儿给自己营造了个巢，长久地住下去了。

# 母鸡告状

有一天,一群母鸡在一只大公鸡的带领下,去熊那儿告了狐狸一状:"熊大哥,您是无所畏惧的勇士,可恶的狐狸任意残害我们,我们日夜提心吊胆,连一天安静的日子也过不上,请您教训教训它吧!"

熊说:"是狐狸吗?嗯,待我收拾收拾这个家伙。"说罢,立即叫来狐狸。

"尊敬的熊大哥,我见您时常坐在硬地上,那多么不舒服呀!我特意用鸡毛做了个软绵绵的垫子,您坐在上面一定很舒坦。不过我为了捡鸡毛给您做垫子,却往往遭到鸡的造谣,说我偷吃它们,它们到处告我的刁状哩。"说完,向熊行了九个鞠躬礼,把垫子交给熊。

熊把垫子搁在地上,屁股坐在上面,顿觉怪舒服的。它夸奖了一番狐狸,又拧过头把脸一变,用爪子指点着鸡,骂道:

"无事生非的东西们,你们尽胡说八道,我差一点被你们迷惑啦!快给我滚远点儿。"骂着,连唬带吓,把鸡轰跑了。

第二天,鸡又来到狼跟前告狐狸的状:"狼大哥,狐狸委实害得我们够戗,把我们咬死的咬死,吃掉的吃掉,请您惩罚惩罚它吧!"

狼说:"是狐狸吗?这个坏东西竟然如此猖狂,我来给它点厉害尝尝。"说着传来了狐狸。

狐狸来到狼跟前,眨眨眼睛说:"狼阁下,您睡觉的时候把头搁在石头上,那多难受呀!我特意用鸡毛给您做了个枕头,您把头放在软绵绵的枕头上睡觉,一天的疲劳一会儿就消除了。"说着,毕恭毕敬地向狼鞠了九个躬,把枕头献给狼。

狼把枕头搁在头上枕了枕,觉得怪舒坦的,随即夸奖了狐狸一番,扭过脖子大骂起鸡来:"哼,你们瞧瞧,狐狸为我想得多周到!你们这些蠢货笨蛋,只知道顾自己,却连自个儿身上的一根羽毛也舍不得给我。滚开,走远点儿!"鸡吓得咯咯咕咕叫着跑开了。

鸡找熊和狼告狐狸的状,两次都没有告赢,只好乖乖待在家里。可是,狐狸的气焰却越来越嚣张,天天深更半夜都来吃鸡。一天,鸡听说一位牧羊人的一只羊羔被狐狸咬死了,牧羊人一气之下,抽了守护羊群的猎犬几皮鞭。于是,鸡经过商议,便找到猎犬告了狐狸一状:"猎犬大哥,狡猾的狐狸都快叫我们断子绝孙了,请您为我们做做主,帮我们教训教训狐狸吧。"

猎犬听了,连连点头说:"嗯,嗯,嗯,我正想找狐狸这贼东西算账哩。"说罢,立刻唤来狐狸。

狐狸做贼心虚,向猎犬深施九个鞠躬礼,说道:"猎犬,我亲爱的大哥!我早就晓得有一天您要叫我来见您的。您瞧,我特意用鸡毛给您缝了条褥子,您铺在地上睡在上面,说有多舒服就有多舒服哩。"说着,把鸡毛褥子献给猎犬。

可是,猎犬并没有接鸡毛褥子,机敏地一爪揪住狐狸,连咬带撕,处死了作恶多端的狐狸。

打这以后,别的狐狸再也不敢来偷吃这群鸡了,也不敢溜进那只猎犬守护的羊群里。

搜集:买提吐尔宋·艾山

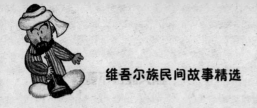

# 戴胜为何是臭的

　　雄鹰是百鸟的大王,乌鸦是丞相,戴胜(俗称"呼呼"、"山和尚",尾脂腺能分泌臭液。)是掌管印鉴的最高法官。戴胜博古通今,学问达到登峰造极程度,深得雄鹰的尊敬。乌鸦能说会道,当时也长得挺美丽的,羽毛五彩斑斓,就是心胸狭隘,心术不正,满肚子阴谋诡计。乌鸦见雄鹰大王格外喜欢和推崇戴胜,凡事都跟戴胜商议,并按戴胜的意见照办,心里愤愤不平,嫉恨得要死。一有机会,它就造谣生事,挑拨离间。

　　飞禽中,喜鹊虽然长得很漂亮,羽毛花花绿绿,可就是没主见,爱慕虚荣,是懒散的鸟儿。狡猾的乌鸦丞相见别的飞禽没一个上它设下的圈套,便千方百计打喜鹊的主意,用甜言蜜语把喜鹊拉拢在自己一边。喜鹊言听计从,照乌鸦的奸计行事,在飞禽中间散布谣言,搬弄是非,制造纠纷。乌鸦这样做,有他险恶的目的,就是想推翻雄鹰大王,自己取而代之。

16

一天，雄鹰大王带贴身随从出外狩猎，行前委托掌印官戴胜代替他全权处理宫内事务。这时，乌鸦丞相认为有机可乘，篡夺王位的机会到了，便通过亲信喜鹊拉拢戴胜。喜鹊施展开浑身解数在戴胜面前大显本领，把戴胜说得晕头转向。戴胜最后提起笔杆子就为险恶的乌鸦丞相效劳。

夜间，戴胜疾笔檄文声讨雄鹰大王，白天，怕飞禽们看见不敢露脸，只是扇着尾羽鬼鬼祟祟飞行。

雄鹰大王狩猎回宫后，对乌鸦倒行逆施愤愤不平的飞禽们，群情激奋地联合起来向大王告了一状。乌鸦和戴胜做贼心虚，没敢拿出准备好的檄文呈送大王。大王闻知消息后，诅咒乌鸦说："让你的外表跟你的心一样，永远是黑的！"又指着戴胜鄙夷地说："你出卖良心，造谣诬蔑，为黑心的乌鸦效劳，让你一辈子用尾巴飞行，臭名远扬。"

打这以后，乌鸦浑身羽毛变得黑黝黝的，只会"呱、呱"地叫；戴胜没脸展翅高飞，只是借助尾巴低低地匆匆飞行，尾脂腺处分泌出一股股熏人的臭气。

搜集：艾里·艾买提

17

# 鹦 鹉

据说,鹦鹉原来是一位漂亮的妇女,夫妻俩情深义重,你恩我爱。一天立下誓言:"要是谁先死去,后死的便在坟头守孝四十年。"一天,妻子年纪轻轻的就去世了,丈夫就到妻子的坟头守孝,天天悲伤哭啼,向真主祈祷。真主出于同情,让他的妻子复活了。活过来的妻子,比去世的时候更年轻,而丈夫却年迈苍老,可他们跟以往一样,恩恩爱爱地过着日子。

有一天,夫妻俩在水池边坐着,丈夫把头搁在妻子的膝盖上睡着了。这时,过来一位打猎的王子,他凝神望着妇女比鲜花还俊美的脸蛋,爱上了她。王子问妇女:"这人是你的父亲吗?"

妇女说,睡着的人是她的丈夫。王子听了,说道:"你好比一朵绽开的花苞,咋落到这样一个老头儿手中?"

王子用甜言蜜语将妇女拐骗走了。丈夫醒来一看,妻子不在身边便哭着去寻找,还是没找到。一天天过去了,他最后来到王子的花园时,见妻子坐在园中楼阁里,涂脂抹粉,卖弄风情,好不开心。丈夫又喜又愁,喜的是终于找到了妻子,愁的是她怎么在御花园的楼阁里。丈夫说:"亲爱的,我好不容易才找到你呀!你怎么来到这儿?走,咱们回家去。"

可是,妻子说她与丈夫无缘分,她爱上了王子,她才不回去哩。丈夫来到王宫,将情况禀告了国王。国王叫来王子,训斥道:"儿啊,拐骗霸占百姓的妻子,是有罪的。立马放人!"

丈夫带妻子一前一后往家走,行至半路,丈夫耳里仿佛传来真主对他的启示:"你爱你的妻子,也忠于你的妻子。你为了她,吃了四十年的苦头。但,她毕竟很年轻,而你却是一大把年纪的老人了,她还是可能抛弃你而逃跑。因此,我让她变做一只鸟儿吧。"

话音刚落,那个妇女就变成一只鹦鹉,扑棱棱地飞开了。这就是鹦鹉的来历。

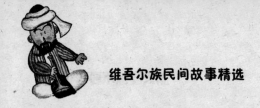

# 鹦鹉学舌的故事

　　鹦鹉自以为有张天生灵巧的舌头,整天自鸣得意地唱个不休,还骄傲地说:"世界上哪一种鸟儿,也没有我的啼啭声悦耳动听!"一天,房主对它不停的叫声感到很讨厌,便把鸟笼提出去挂在果园里的树上。鹦鹉很是生气,撅着嘴巴,吊着脸,对主人表示非常不满。正在这时,一只百灵鸟飞来看望鹦鹉,鹦鹉叹了口气,说:"百灵朋友,我听说你是位唱歌家,人们都夸赞你哩。当然,我唱起歌来也绝不会比你差劲的哟。遗憾的是,我多唱几首歌,我的主人不是拿眼睛瞪我,就是把我带出家里挂在这儿,竟然这样对待我! 现在我唱歌儿给你听听,如果有不到之处,请你指教指教,怎么样?"

　　"可以。那你就先唱一唱,我来听听。"百灵鸟说。

　　鹦鹉使出全身的本事,一会拉长声调学公鸡 "喔——喔——喔——"地啼;一会涨红着脸学母鸡"咯嗒、咯嗒"地叫;一会儿又学狗"汪汪汪"地吠,一会儿又学猫"喵喵喵"地叫……它怪腔怪调地把所有动物的叫声都模仿了一遍。

"怎么样？"鹦鹉眉飞色舞地炫耀说，"你一辈子也没听到过如此美妙动听的歌声吧？"

百灵把眼睛睁得大大的，翘起嘴说："刚才你唱的这些歌，我经常都能听到。这是鸡啦、狗啦、猫啦唱的歌呀！你不要学嘴学舌地模仿它们唱，你唱唱你自己的歌，我听听吧。"

鹦鹉见百灵并没有夸奖它，感到十分惊愕。它沉没了一阵子，又尽情地唱起来；可它还是模仿狗哇、猫哇的叫声，乌鸦啦、戴胜鸟啦的叫声。百灵鸟越听越厌烦，眨眨眼睛生气地说："唔，原来你并没有独属于你自己的歌！鹦鹉朋友，你的不高明处正在这儿呀。你所说的美妙动听的歌，全都是他人唱的歌，而你呢，只不过在模仿而已，你的主人听了感到烦恼厌倦，是必然的嘛。依我看，你应该学会唱你自己的歌，这样也许能引起人们的兴趣。"说到这里，百灵鸟仿佛想起了什么似的，一面摇头一面说："不过，长久以来你已养成了学嘴学舌的习惯，若用自己的歌来表达自己的感情，恐怕很难做到……"

# 猎鹰跟工匠比力气

　　猎鹰漫天翱翔，随意猎获飞禽走兽。它力大无穷，凶猛异常，拍打一下翅膀就震荡得山摇地动，大地上的动物吓得东藏西躲，感到非常惊恐。它飞的速度格外快，一展翅就冲向高空，动作十分敏捷。如果要向大地俯冲而来，任何动物都难逃它的爪子。

　　日子长久了，猎鹰傲慢起来，连人也不放在眼里，老想跟人比试力量。一天，它飞来栖息在一棵高大的树上，见附近有户人家，门口石板上坐着个人，饶有兴趣地飞过去落在他面前。

　　原来此人是磨坊工人，拿工具在磨盘上打一条一条的纹儿。猎鹰开门见山地说："匠人，敢不敢跟我比比力量？"

　　听口气，猎鹰稳操胜券。磨坊工人使了个花招，说："英雄的猎鹰，我向来没听说过，天上地下还有谁的力量能跟您的比！如若您瞧得起我，咱俩就以我的磨盘比试：谁能一次把它打成两半，谁就是赢家。"

　　猎鹰听了磨坊工人的夸奖，心血来潮，一心想显显自己的威力。它鼓翅飞上蓝天，瞄准磨盘像射出的箭似的俯冲下来，拿右翅在磨盘上猛击一下，"咔嚓"一声响，磨盘从正中劈成两半。不过，猎鹰也打折了右翅，疼得昏迷过去。磨坊工人趁机将磨盘合在一起，使其恢复原样。猎鹰清醒过来，见磨盘仍然是囫囵的，满脸通红，哑口无言。

　　"唉，猎鹰，"磨坊工人说，"我一向对您很尊重，原来您在吹牛哩，连个小小的磨盘都打不成两半。现在，您看看我的力量吧。"

　　说完，不慌不忙地站在磨盘上，叉腿踩在两边，轻轻跳了一下，磨盘从正中裂成两半。猎鹰看见了，羞愧难当，立即拖着打折的翅膀逃跑了。

　　相传，自打这回猎鹰打折右翅，再也没有恢复原样。至今，猎鹰猎获飞禽走兽时，用的都是左翅膀。

搜集：亚生·再依东

# 麻雀叼羊

　　一只翱翔在蓝天的山鹰，拍击着矫健的翅膀在天空盘旋了几圈，突然蓦地俯冲在草原上的羊群里，叼走了一只绵羊。麻雀打老远瞅见了，羡慕不已，长叹一声，心里说道："咳！我同样有两只翅膀，一副尖尖嘴，两条腿，爪儿也跟山鹰一样。山鹰能叼去绵羊吃肉，难道我就老是这样把羊粪啄来啄去，觅寻食物吃，受这个麻烦吗？不，我也要去叼只绵羊吃。"

　　斜躺在岩石上的牧羊人，一面望着羊儿吃草，一面做着游戏，突然见一只麻雀就像射出的子弹似的，从天空飞过来冲进羊群里，落在一只毛儿又长又密的绵羊背上。麻雀正准备叼着绵羊远远飞去时，不料它的两只爪儿却被浓密的羊毛缠住了，麻雀不停地扑啦扑啦扇着两个翅膀，拼命挣扎，还是没能从羊毛里解脱出来。可怜的麻雀精疲力竭，最后耷拉着脑袋，叽叽喳喳地叫着，倒悬在羊身上。牧羊人见此情景，笑得眼睛眯成了一条线，走过来说道："嘿嘿,得啦,得啦!你何苦要折磨自己哩,办事总得量力而行嘛。"说着,把麻雀从羊毛里解脱出来,把它放飞了。

# 狐狸哄乌鸦的肉吃

一天,一只乌鸦不知从何处偷来一块肉,落在一棵大树上准备要吃时,一只狐狸走过来看见了,想把乌鸦的肉哄骗过来自己吃。可是它爬不上树去,怎么办呢? 狡猾的狐狸眨巴眨巴眼睛,抬头望着乌鸦,夸奖道:"喂,乌鸦,我的朋友,你仪表堂堂,全身的羽毛乌亮乌亮的,天鹅的羽毛也没你的羽毛美丽! 你的眼睛里蕴藏着热情和友谊,蕴藏着善良和美德,我一向没见过像你这样透明的目光! 你的一双爪儿,绝不亚于山鹰的! 如果要问鸟类里什么鸟儿最漂亮,那就非你莫属了……"

狐狸不住口地夸奖着,乌鸦越听越高兴,心中嘀咕道:"狐狸要是听听我的鸣啭声,一定又会大大夸奖我一番的。我来啼唱啼唱,叫狐狸听听吧。"乌鸦张大嘴巴"呱"地叫了一声,嘴里衔的肉便"嘭"地跌在地上。狐狸立刻一口吞入腹中,说:"嘿嘿,乌鸦呀,世上再也没有比你更丑更脏的东西了! 我用谎言捧了捧你,你就陶醉了,飘飘然了,忘记自己是什么玩意……"说罢,得意地走开了。

# 狐狸给雏鸡看病

一只雏鸡有了病。狐狸听说了,戴上眼镜,身穿罩衫,装扮成医生的模样,去给雏鸡看病。来到鸡笼跟前,轻轻敲了敲门,柔声柔气地说道:"我听说有只雏鸡生了病,前来给它看病。你们开开门,让我进来吧。"

一只雏鸡要去开门,其他雏鸡连忙阻挡说:"莫开,等等! 咱们先看看它是谁,然后再开门。"

雏鸡从门缝里往外看时,一个尖尖嘴、长尾巴的东西,在门口站着。"噢咦,是狐狸!"雏鸡嘀咕着,立刻对那位"医生"回答:"谢谢你,我们的爸爸妈妈去请狼大夫,马上就回来啦!"

狐狸一听狼要来了,吓得眼镜都掉在地上了,夹紧尾巴就跑开了。

# 鸽子和蚂蚁

　　有一天，一只鸽子被一位猎人套进网里，猎人正准备去抓鸽子，一只蚂蚁看见了，立刻爬在猎人身上，钻进他的衬衫里。猎人觉得身上怪痒痒的，难受极了，当下不由自主地丢开手中的网，拿手去挠痒痒。这时，鸽子趁机钻出网，扑啦啦拍打着翅膀，远远朝蓝天飞去了。

　　有一天，蚂蚁为了喝水，来到水渠边上。它刚刚把嘴对着渠水时，渠水"咕嘟"涌起一个波浪，把蚂蚁冲走了。鸽子见蚂蚁一阵漂在水面上，一阵被埋在水里，马上用嘴啄了一根草叶，衔过去丢在水渠里，蚂蚁随即爬在草叶上。不一会儿，水将草叶冲到渠边上，蚂蚁便从水渠里爬出来，得救了。

# 公鸡吃大象

一天,一只公鸡来到大象面前。它把大象根本没放在眼里,东扒扒,西刨刨,搜寻着吃食。忙了一阵,又"喔喔喔"鸣叫起来。

大象很生气,说道:"你为什么这样心高气傲?你这个小小的玩意,到处都扒拉遍了,好像你永远吃不饱似的。我问你:你吃得多,还是我吃得多?"

公鸡把脖子一拧,说道:"当然我比你吃得多喽!"

大象哪里服气!于是,它俩比赛看谁吃得多。大象吃了很多草,肚子吃得鼓鼓的,吃饱便卧在地上睡着了。睡醒一看,见公鸡还在跑来跑去寻食吃,并不时地"喔喔喔"啼叫几声。大象感到纳闷,心中喃喃道:"这个小小的东西,原来是个饕餮鬼呀!动物里还有像它这样的,我从来没有见过呢。"

就这样,公鸡赢了大象,并飞在大象的脊背上,昂起头,好不得意地大声喊叫:"我要吃掉大象,我要吃掉大象……"

29

　　大象吓得心都要从嗓子里蹦出来了，竖起耳朵喊叫道："救命呀，公鸡要吃我！救命呀，公鸡要吃我！……"喊着朝森林里跑去。

　　被摔在地上的公鸡，望着远远逃去的大象，拍打着翅膀，"喔喔喔"啼着说："幸亏你跑得快，要不然，我早把你吃了……"

# 公鸡和狼

一棵大树上落着一只公鸡，一只狼打老远望见了，想把它骗下来吃掉，便朝树跟前走去。

"喂，公鸡，我给你带来一个好消息！"狼站在树下，抬头望着公鸡说，"最近野兽和飞禽达成协议，两家商定互不残杀，互不欺侮，和睦相处。现在你可以放心了，再也不必像以前那样惧怕我们了。请你下来，咱俩一块玩吧。"

公鸡深知狼凶残，不守信用，佯装一本正经地说："狼朋友，我倒相信你的话是真的。不过，请你稍微忍耐忍耐，我还有两个狗朋友，等会儿它们也要来告诉我这个消息的。等它们来了，我就下来，咱们一块儿玩耍。"

听了公鸡的话，狼想两条狗来了自己就会丧身，立刻夹着尾巴逃走了。

这时，公鸡扯开喉咙喊叫起来："喂，狼朋友！你为啥要逃跑呀？

你不是讲咱两家订了协议吗？"

"哎呀呀，公鸡朋友！也许那两个家伙早就撕毁了协议，我还是提防着点为妙哪！"狼边跑边说。

公鸡飞下树来，紧追在狼后面不住地喊道："骗子的阴谋被揭穿啦！骗子的阴谋被揭穿啦……"

# 狐狸吃雏雁

大雁和狐狸结识成要好的朋友。过了几个月,大雁孵出了一窝雏雁。狐狸听说了,高高兴兴地前去贺喜。狐狸瞅了一下窝里毛茸茸的雏雁,心中打起了坏主意:"啊,这些小崽子的肉,一定又鲜又嫩,美味可口。"

一天,大雁和狐狸一道去觅食。出了门口,大雁朝远处一个湖泊飞去,狐狸却绕了个圈子,立刻折回来溜进大雁家中,将一只最肥的雏雁吃了。

大雁觅食返回来,狐狸流着眼泪说:"朋友,灾难降临啦!我回来一看,你的孩子就少了一个。"

大雁抱头痛哭,哭得很伤心。过了几天,它俩又去觅食,傍晚回来时,大雁的一个孩子又不见了,狐狸对大雁撒谎说:"你的孩子是青蛙吃掉的,我亲眼看见的。"

大雁为了报仇,第二天来到池塘边上,"嘎咕、嘎咕"叫着,将池

塘里的青蛙追赶过来,追赶过去,折腾了大半晌。晚上回来一看,剩下的两个孩子又不见了。大雁失去了四个心爱的孩子,悲恸极了。它怀疑这事情是狐狸干的。

狐狸偷吃了雏雁,又打大雁的主意。一天,大雁要去觅食吃,刚刚从家里走出去,狐狸就乘机溜进大雁家中,放了一把火,把大雁的房屋烧着了。然后,它急慌慌地去给大雁,报告说:"不好了,你家里又出大事啦!"

"出了什么事?!"大雁急得落地问道。

"你家的房子着火啦!"

大雁心急火燎地跟着狐狸回来,一看,房屋已烧成灰烬!大雁望着一片废墟,泪流满面,十分伤心。它认为这一连串的坏事,准是狐狸这鬼东西干的。大雁擦干眼泪,不露声色地对狐狸说:"朋友,这个鬼地方不是咱们待的长久之地。湖泊那边食物很多,咱们去那儿吧。"

狐狸说:"我没有翅膀,又不会游泳,从老宽老宽的湖面过不去呀?"

大雁说:"我背你过去呗。"

狐狸同意了。于是,大雁让狐狸扒在自己的背上,吩咐它扒好坐稳,振翅飞上了天空。飞呀,飞呀,飞到老高老高时,大雁问狐狸:"朋友,你现在看看地有多大?"

狐狸俯身朝下一望,回答:"有巴掌那么大。"

大雁驮着狐狸又往高处飞了一阵,问:"现在你看看,地有多大？"

"像纽扣一般大。"狐狸回答。

"嗯。"大雁说着，把身子猛一倾斜，狐狸就从大雁的背上掉到地上，摔得粉身碎骨。

以上搜集：艾西丁·塔提里克

# 残疾兔整治虎王

　　很早以前，一个灌木丛里生活着各种动物。老虎是大王，发号施令，主宰一切，碰上什么动物就吃什么动物，走到哪儿吃到哪儿。动物们都提心吊胆，灌木丛中一片阴森恐怖的景象。一天，动物们聚在一起，经过商议派了个代表去见虎王。代表向虎王鞠了九个躬，禀告道："高贵的虎王！您每天亲自外出觅食，爬山过沟，又辛苦，又劳累，我们实在过意不去。请您安安逸逸待在窝里吧，我们每天轮流来一只到您面前做您的食物。这是我们大伙经过商议的，我作为代表前来禀告陛下。如若陛下同意，我这就回去啦。"老虎点头表示赞成。动物们按照商定的，每天主动去一只见虎王，作为它的食物。

　　过了几天，轮到一只身体残疾、正在褪毛的兔子。兔子心想："老虎是动物，我也是动物，我为何要做它的食物。且慢，让我来把这个凶残的家伙整治整治。"兔子故意拖延了半晌时辰，一瘸一拐来到老虎面前。

老虎怒气冲冲地咆哮道:"你为何才来,丑货!"

"大王啊,请宽恕!"兔子说:"我让你久等了,是因为我这个丑样子没脸面见您。我身有残疾,瘦得皮包骨头,不足大王饱餐一顿,对此我又发愁,又惭愧,不知如何是好。思来想去,邀请了位我的亲戚一道而来,它肥头大耳,大王见了肯定高兴,谁知我们行走到半路,碰上了只跟大王一模一样的老虎,它拦住我们左刁难、右威胁,硬是把我的亲戚抢走了。我逃命时还跌了一跤,把一条腿也拐瘸啦。如今来迟了,我心中真愧疚。"

"告诉我,它是谁?这小子竟敢夺我口中之食!走,带我去找它算账。"

老虎的这一举动,早在兔子意料之中。兔子带着老虎,来到一口井旁,说:"就在这儿,陛下。它惧怕您,躲藏在井里啦。您瞧它身边的兔子正是我的亲戚。它还不知足,翻着白眼,还打我的主意呢。"

老虎朝井里一望,再也忍耐不住了,连吼带叫地朝井里的老虎扑去,"扑通"跌进井底里,活活摔死了。

就这样,身残腿瘸的兔子,用自己的机智战胜了肆虐凶残的老虎,保全了灌木丛里各种动物的生命。

# 狐狸借房

从前，有一只狐狸和一只兔子，狐狸的小房子是用冰块砌成的，兔子的小房子是用树皮修盖的。冬去春来，天气日渐暖和，狐狸的房子渐渐融化成水流走了，连个房子影儿也没留下。可兔子的房子照旧坚坚实实矗立在地上。

太阳快落山了，狐狸无家可归，佯装有病的样子，一瘸一瘸来到兔子门口，点头哈腰地恳求说："小兔子，可怜可怜我，把你的房子借我住一宿。明儿一清早，我就走开。"

兔子厚道诚实，通情达理，它没有多想就答应了。就这样，狐狸住进兔子屋里，兔子在屋外的野草丛中将就着过了一夜。

翌日，天刚刚露白，兔子去自己屋里时，狐狸竟然绷着个脸，赖着不走，反而把兔子轰出门外。兔子好不伤心，悔恨交加，哭哭啼啼走开了。路上，碰见一条狗，狗问道："小兔子，你咋哭呢？"

"我能不哭吗？……"兔子把狐狸借房的事说了一遍。

狗说:"真缺德！别哭啦,小兔子！走,我帮你要回来。"

他们两个来到兔子家门口,狗冲着门吠叫起来:"汪——汪——汪！喂,狐狸,你给我从这屋里滚出去！"

狐狸盘腿坐在炕上,声音怪里怪气地说:"咦,你是狗吗？……多嘴多舌,爱管闲事！我要是冲出门来,会把你咬成肉丝的！"

狗吓呆了,诚惶诚恐掉头就跑。

兔子又抽抽泣泣地走开了。路上遇见一只熊,熊问:

"小兔子,你哭啥呢？"

"我能不哭吗？……"兔子将狐狸借房子的事告诉了熊。

熊说:"岂有此理！别哭啦,走,我帮你去要房子。"

兔子说:"不,你帮不了我。刚才狗帮我去撵狐狸,反被狐狸吓跑啦。"

熊说:"不,我能撵走狐狸。"

他们来到门口,熊浑身毛发竖起,吹胡子瞪眼睛,喊叫道:

"喂,狐狸！你马上给我从这屋里滚出来！"

狐狸盘腿坐在炕上,阴阳怪气地说:"嘿嘿,你来凑啥热闹,瞎吵吵啥？我要是冲出屋外,吼一声就会天崩地裂,你就会粉身碎骨！"

熊吓傻了,转身拔腿就跑。

兔子好生悲愤,又泪眼婆娑地走开了。

路上,遇见一只肩扛镰刀的公鸡。公鸡问:"小兔子,你这么伤心,为啥事在哭呢？"

"我能不哭吗？……"兔子把借房的事说给了公鸡。

公鸡说："该死的狐狸！走，咱俩都去，我帮你要回来。"

兔子说："不行呀，狐狸凶恶得很，狗啊熊啊都没驱赶走狐狸，反被狐狸吓跑了。公鸡，多谢你了，你也无能为力。"

"走，去试试看看，我不信还有不怕死的狐狸呢。"

他们两个来到门口，公鸡猛劲跳上屋顶，拍打着翅膀，高声叫起来："喔——喔——喔！喂，狐狸！我带来了把镰刀，要砍下你的脑袋！我有锐利的爪子，要扒你的皮！立刻下炕，走出门来！"

狐狸一听，吓得失魂落魄，支支吾吾说："来了来了，我穿上鞋子就出来……"

公鸡又厉声喊道："喂，狐狸，火速出来，不敢怠慢！"

狐狸的脑里嗡嗡直响，声音打颤地说："小的哪敢怠慢，我穿上袷袢就出来……"

公鸡第三遍催促道："喂，狐狸，你听着：我要剃下你的头，扒掉你的皮！别磨蹭啦，立刻下炕出来！"

狐狸浑身发抖，满脸惨白，拉开门探头探脑地伸出脑袋瓜子来，正准备要逃跑，被公鸡"哧溜"一镰刀割下了脑袋。

从此，兔子在自己的树皮房子里，安安心心的过了一生。

# 原来是块臭肉

一只狐狸偷偷溜进一家院里，看见屋檐下柱子上挂着一块羊肉，心中美滋滋地说道："吃了这块肉，我的肚子就饱了！"

狐狸走到柱子跟前，前爪翘起，后腿直立，望着肉猛地往上一蹿，没有够到；又跳第二次，第三次，还是没有够到。这时，它朝后倒退几步，跑过去往上一跳，仍然没有够到肉。吃不到肉，狐狸不肯罢休，一次又一次地冲着肉跳着。跳呀，跳呀，一直跳到第三十次时，还是没有吃到肉。筋疲力尽的狐狸，望着柱子上挂的肉，咂叭咂叭嘴唇，说道："嘿，我说怎么够不着，原来是块臭肉呀！"

说罢，生怕主人回来逮住，急忙溜出院子了。

# 兔子游玩

两只鸭子在河里游来游去,追逐嬉戏。一只兔子走到河岸上,央求说:"你们也带我到水面上游玩游玩吧!"

"行呀!"鸭子说,"来,趴在我俩的脊背上。"

说着,两只鸭子游到岸边,肩并肩站在一起。兔子一蹦子跳过去,左边的两只脚踩在一只鸭子的背上,右边的两只脚踩在另一只鸭子的背上。两只鸭子驮着兔子,朝河中央游去。兔子仿佛坐在了一只小船上,鼓起腮帮,两只眼睛忽东忽西,左顾右盼,心中好不惬意。游着游着,鸭子看见水里有两只青蛙,一只鸭子朝东,一只鸭子向西,去追逐青蛙。这时,只听"咕咚"一声,兔子便掉在河中,被河水淹没了。

# 刺猬和兔子

有一天,兔子来到刺猬跟前,说道:"你的皮袄糟糕透了,通身是刺,穿在身上多不舒服呀!你瞧瞧我的皮袄,绵绵软软的,就像鸭绒一样。"

刺猬说:"我的皮袄虽然不好,可是能保护我不受狗和狼的袭击。你的皮袄虽然很绵软,却不能保护你!……"

刺猬的话还没说完,灌木丛溜出一只狼走过来。兔子吓得像箭一般地逃往灌木林里,消失得无影无踪。可是,刺猬却把脑袋缩进脖颈里,站在原地用它的"皮袄"保护住自己。狼无从下爪,只好悻悻地走开了。

兔子这时才恍然大悟,感慨地说道:"唔,使我保住性命的,并非我的皮袄,而是我的四条腿呀。"

# 狐狸的下场

　　一头公牛、一只羝羊、一只山羊,三个结拜成好朋友,每天一同出去吃草游玩,一块回来,彼此从不分离。

　　一天,三位朋友听说远处深山里青草茂密,泉水清冽。它们一清早就朝大山走去。到了晌午,来到深山里。不料,它们的到来,却被狐狸远远看见了,狐狸心里打起鬼主意来,想一个一个吃掉它们。这时候,突然跑过来四十只狼,包围住了狐狸。

　　"狐狸! 这回你再也逃不脱啦,我们要吃掉你。"狼的头目说。

　　狐狸狡黠地说:"你们有四十个,我只有一个,要吃就吃呗。不过,你们打算如何吃掉我呀?"

　　四十只狼哪个也没吭声。狐狸发觉它们并没听懂这句话,连忙解释道:"阁下,我是说,我的身子又瘦又小,你们四十位吃我一个,吃不饱肚子呀。"

　　狼头目盯着狐狸,嗥了一声:"哼,就是我们一个吃一口,总比不吃强。"

狐狸吓得牙关打战,战战兢兢地道:"阁下,刚才我看到有一头公牛、一只羝羊、一只山羊,溜到咱们的山里来啦。它们一个比一个的身材高,长得肥。假如你们放了我,我去骗它们来这儿,请你们美美饱餐一顿。"

狼头目半信半疑,问道:"此话当真?要是撒谎怎么办?"

狐狸赌咒发誓,说它嘴里向来没说过假话。狼终于相信了。这时狐狸又说:"你们先藏起来,我这就去骗它们来。"

狐狸爬过一道坡,来到公牛、羝羊和山羊面前,假装关心地说道:"喂,瞧你们多傻,咋在这儿吃草?走,跟我到那边去,那儿有绿油油的青草,清冽冽的泉水,你们吃了喝了,保准会长得比现在更肥更胖。"

三个朋友信以为真,跟着狐狸走了。走了一会儿,停住脚步朝四下里张望时,发现树林里有无数双眼睛在闪动,仿佛在盯着它们似的。回头一看,狐狸早溜得无影无踪了。这时,山羊才晓得上了狐狸的当;逃跑嘛,已经来不及了。怎么办?山羊灵机一动,对公牛和羝羊说:"糟糕了,周围埋伏着一群饿狼!咱们要镇静,千万不能惊慌失措。公牛大哥,你在我的左边卧下;羝羊大哥,你在我的右边卧下。饿狼冲过来问话时,你们不要回答。让它们问我。"

公牛和羝羊会意地点点头,卧在山羊的左右两旁。

狼头目一看,山羊昂着头站在那里,心里有些恐惧,便打发一

只狼过来问羝羊。

"你们来这儿干什么？"那只狼问。

羝羊摇摇头，说："我不知道。你问问我们头目山羊吧，他命令我们干啥，我们就干啥。"

狼把羝羊的回答报告头目后，头目又说：

"你再去问问公牛吧！"

公牛的回答和羝羊的回答一样。狼头目壮壮胆子，走过去问山羊："你们来这儿干吗？"

"我们三位是真主派来的凶神，"山羊板着面孔说，"真主说这儿的一群饿狼，它们的寿期已满，今天就是它们的末日，派我们来处死它们。"

狼头目一听，吓得魂不附身，掉头就跑，边跑边喊道："凶神来啦！快逃命呀！……"

"截住饿狼！截住呀……"山羊喊道。

四十只狼跑了一会儿，又碰到了狐狸。它们揪住狐狸，怒不可遏地说："好哇，你这个狡猾的东西，害得我们差点丢了命。现在我们就要吃掉你！"

狐狸连连眨着眼睛，分辨道："哎呀呀，大傻瓜，你们上山羊的当啦！走，赶快追，我给你们带路。"

这时候，岩石背后又传来山羊的喊叫声："截住饿狼！截住呀！……"狼头目以为狐狸在耍花招，要带它们去见"凶神"，心里说：

"与其让我们先死,倒不如让你先死。"大吼一声,四十只饿狼扑过去把狐狸扯了个粉碎,吞入腹中。

山羊用自己的机智保全了三个朋友的生命,安然无恙返回自己的家园,过着自由和睦的日子。

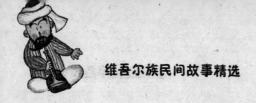

# 明天吃饭不要钱

狐狸开了个饭馆,可是它的生意并不如意,每天来吃饭的稀稀拉拉,赚不了几个钱。狐狸为了招来顾客,想了个诡计。它在饭馆门口贴出了张告示,上面写着:"为了优惠顾客,凡来本饭馆进餐者,明天吃饭不要钱!"

当日后晌,一只鹅从狐狸的饭馆门前经过,看了告示,自言自语说:"既然不要钱,明天我也来吃一顿。"

第二天,鹅来到狐狸的饭馆门前,吩咐狐狸给它来一盘饭吃。狐狸掌柜的从头到脚打量了鹅一遍,见它穿着破破烂烂的衣裳,问道:"你有钱吃饭吗?"

"什么!你不是说今天吃饭不要钱吗?"鹅说。

狐狸掌柜说:"哪里,哪里!你出去仔细看看我在门上贴的告示。"

鹅走出饭馆,又看了一遍告示,进来对狐狸说:"掌柜的,白纸黑字,你不是明明白白在上面写着'凡来本饭馆进餐者,明天吃饭不要钱'吗!"

奸诈的狐狸,直勾勾地望着鹅说:"是呀,上面是写着'明天吃饭不要钱',并没有写'今天吃饭不要钱'。"

鹅明白自己上了狐狸的当,说道:"我懂啦,我懂啦。原来你昨天说的'明天'并不是'今天',而是那个永远也等不到的明天……"

# 狐狸看望狮子

狮子老了,不能像以前那样捕获猎物,它想通过欺骗的手段混日子。它躺在洞里,传话给别的野兽说:"我患了病,无力走出洞门,寂寞得心里发慌呀!请朋友们经常来看看我。"

野兽们听了,每天都有一两个去看望狮子。可是,它们没有一个能活着回去的,全被狮子咬死吃掉了。

一天,狐狸去看望狮子。它站在洞门口,问候道:"狮子大哥,你的景况如何?好多天来,我想从看望过你的野兽那儿打听你的情况,可一个也没看见它们。今天我专程来看望你。""我的景况很糟糕哟!"洞里蹲的狮子说,"你为什么不进到洞里来呀?你远道而来看望我,站在洞口多不光彩!请你进到洞里来,咱们随便聊聊。"

"我本想进到你的洞里来,"狐狸警觉地朝四周看了一眼说,"不过,你的洞门口为什么只留下进去的脚印,而看不见出来的脚印呢?"

狮子瞅着狐狸,假惺惺地说:"你别管什么脚印不脚印,你是贵客,站在门口多难看呀!或许你的肚子也饿了,吃上一些食物再回去。请进洞里来!"

"谢谢狮子大哥,"狐狸说,"我明白了。你惦念的并非我的肚子,而是你自个的肚子呀!再见,我回去了。"

# 山羊和骆驼

从前,一只山羊和一匹骆驼交了朋友。它们一道吃草,一道喝水,相处得非常和睦。一天,两个在草地上闲聊攀谈起来。

"朋友,"骆驼说,"要说身材,谁的也没我高;要说智慧,谁的也没我的多。哈哈,谁不羡慕我呀!"

山羊开腔道:

"骆驼啊,谁也比不上我机敏。我的蹄儿很坚硬,走起路来永远磨损不坏。很显然,矮个头要比高个头强得多呢,你说哩?"

"不,朋友!"骆驼说,"矮身材有什么好呀?还是身材高了好。"

它们夸奖着自己,闲扯了好一阵后,朝前走去。来到一个地方看见一座果园,果园里各种果实挂满枝头,可是由于园墙很高,它们谁也进不去。没有办法,骆驼便伸长脖子,吃起露在墙外头的树枝来。山羊跳呀蹦呀,蹦呀跳呀,还是够不着,什么也没吃到。骆驼只顾自个儿吧唧吧唧吃,望也没望山羊朋友一眼。山羊只好缩起脖子,捱着嘴巴站在一边。骆驼见山羊垂头丧气的样子,幸灾乐祸地说道:"怎么样,山羊朋友? 刚才我看你跳得蛮有劲的嘛,咋没吃到树叶儿? 瞧,还是个子高了优越吧! "

山羊很羞愧,一言不发。它东望望,西瞧瞧,忽见园墙一角有个进水的洞儿,走过去从洞口里钻进果园。骆驼来到洞口望了一阵,怎么也进不去,只从洞口里看见山羊一会儿吃红艳艳的苹果,一会儿吃黄澄澄的香梨,吃腻了,又钻到葡萄架下,吃起晶莹透亮的葡萄。骆驼望着望着,满口涎水直流。山羊嘴里吃着鲜葡萄,眼睛望着骆驼,说:

"怎么样呀,骆驼朋友? 咋悄没声儿哩? 个子小了好不好呢? "

原来,骆驼和山羊夸耀自己的话,被一匹马听见了。马走过来说:

"你们两位都错啦! 各种牲畜的身材本来就是不一般高嘛。有高的,有矮的,高有高的好处,矮有矮的好处嘛。"

骆驼和山羊觉得马的话讲得在理,害臊得低下了头,说不出话来。

# 糊涂的兔子

兔子时常炫耀自己的耳朵非常漂亮。

一天,兔子微笑着,在太阳下跳跳蹦蹦玩耍,忽见自己的影子在地上晃来晃去,吃惊地说道:"哎唷呀,这家伙的耳朵真大,多难看呀!它一定是个怪物,可不要把我吃掉了。"说着,惊慌地逃跑了。

它一面拼命奔跑着,一面左顾右盼地看,发觉那个大耳朵的怪物也跟自己并排跑着,就越加惶恐不安。跑呀,跑呀,最后气喘吁吁地跑到一个树林子里,疲乏不堪地躺在地上。

它怕那个怪物吞吃掉自己,拿眼睛四下里看时,那只大耳朵的东西不见了。这时兔子才吁了口气,呬呬豁豁嘴,乐津津地自夸道:"幸亏我撒腿跑开了,要不,早就被那个大耳朵的怪物逮住吃掉啦!瞧,还是我聪明机灵。"

# 四位朋友

　　一头毛驴因吃了很多青苜蓿，走过去在一堵破烂墙根下的灰堆上打了个滚儿，卧在那儿懒洋洋晒起太阳来。晒着晒着，感到心头很难过，私下忖度道："这个世界上为什么谁都不喜欢我呢？我要做件好事，让人们知道知道我的大名。"

　　想到这里，毛驴一下子从地上站起来，抖抖身上的灰，漫无目的地朝前走去。走啊走啊，来到一个地方，碰见一只羝羊。

　　"你好，毛驴大哥，上哪儿去呀？"羝羊问道。

　　毛驴停住脚步，说："羝羊兄弟，情况怎么样呀？你从绿茵茵的草地那边来，想必你的日子一定过得挺舒坦，是吗？"

　　"是呀，毛驴大哥，"羝羊说着，又问："那么，你的景况如何呢？"

　　毛驴望着羝羊说："我也没有什么可发愁的。不过我曾听祖辈们说过：'万物都有一死，只有好事才能永存。'因此，我想寻着干件好事，死后留个美名儿，也算我在世上没有虚度生命。"

　　这话正说在了羝羊的心坎上，羝羊听了说："我孤单单地一个人生活，感到很寂寞，请允许我做你的伙伴吧。"

　　"行呀。"毛驴点头说。

　　于是，两个朋友一起上路了。走了一阵，一只公鸡加入它们的行列，又走了一阵，一只刺猬也加入进来，四个朋友亲亲密密地结伴往前走。它们爬过一道道坡，翻过一道道岭，走走歇歇，歇歇走走，一连行走了好多天。一天，它们唱着歌儿，来到一个渺无人烟的荒野时，突然一只饿狼竖起两只耳朵朝它们走来，这可把四位朋友吓坏了。

　　"快，你们躲藏起来。"毛驴忽然灵机一动，给三个朋友使了个眼色，自己高高地昂起头，站在路正中。羝羊躲在一个大岩石背后，公鸡上到一棵树上，刺猬钻进一个洞里。

　　饿狼张着大嘴，扑到毛驴跟前，问道："咦，毛驴，你们去哪儿呀？"

　　"我们到处走走转转呗。"毛驴瞪了一眼狼说。

　　"哈哈，我已空着肚子饿了七天啦，真主终于让你们来到我面前。你们有四位呀，先站出来一个，让我品尝品尝！"狼说。

　　毛驴异常气愤，毫不迟疑地说："成呀，你就先吃我吧！为了不要叫我过分害怕，我叉开后腿，你钻进去撕破肚皮吃吧。"

　　狼听了，急不可待地说："你怎么个站法，快站呀！"

　　毛驴叉开两条后腿，镇静地站在地上。狼满有把握地把脑袋从毛驴腿空里伸进去，正要咬肚皮时，毛驴用两条腿紧紧夹住狼的脖

56

颈,"昂——昂——昂"地扬声大叫起来。羝羊闻声跑过来,用角狠狠顶狼的肚子。公鸡"喔喔——喔喔"啼叫着,从这个树枝跳到那个树枝上,问道:"毛驴大哥,用长棍子,还是短棍子? 用粗棍子,还是细棍子?"刺猬在洞里放开喉咙叫道:"毛驴大哥,我正在磨刀哩!你把贼狼夹紧,千万莫叫它溜了,我出来攮死饿狼,剁成碎块!"狼吓得全身抽搐,魂飞天外,好不容易挣脱开,夹着尾巴逃开了。

# 哪家的主人仁慈

一条猎狗追着一只狐狸来到村庄上。狐狸吓得吊着张鬼脸，在一个巷道拐了个弯儿，狡猾地把猎狗闪开了。狐狸碰见一只猫，问道："喂，尊敬的猫，你知道这村上哪家的主人仁慈呀？我钻进他家里躲一躲，保住我的这条命。"

猫说："瞧，对面那家主人仁慈。他家里房屋和畜圈很多，你到他家去吧。

"不，不。"狐狸摇摇头说，"我往日偷吃过那家人一只白鹅。"

"那么，"猫指着路旁浓阴掩映的一个院落，说，"那家主人也很仁慈，他会想方设法把你保护起来，使你得到安全。"

"不行呀，我曾偷吃过他家一只鸭子。"

猫感到惊讶，说："噢，原来你偷吃过这个村上不少东西，给许多人家带来过损失。现在不会有人同情你的。"

"会有的吧，"狐狸说，"这个村子很大，居住的人家多，总有心慈面善的,请你再给我指一家吧。"

　　猫指了指最边远的一户人家,叫狐狸去躲避。狐狸由于偷吃过那家一只鸡,也不敢去。狐狸说:"猫,不成,那家也不能……"

　　狐狸的话还没说完,猎狗追赶过来了。猫望了一眼狐狸,指着猎狗说:"瞧!现在你就向猎狗乞求'仁慈'吧!"

# 狐狸报复狼

一天,狐狸溜进一家葡萄园偷吃葡萄,吃饱了还不想走开,又爬在墙头坐下。这时,一只饿了好几天的狼,耷拉着舌头朝葡萄园走过来。狐狸看见了,心想:"哼!这个不要脸的狼,多次教训过我。今天倒是个好机会,我要教训它一顿。"想着,狐狸赶忙跳下墙头,摘了两粒葡萄塞在鼻孔眼里,又爬坐在墙头上,吁吁喘着粗气。

"哎,你坐在这儿干吗呀?"狼问狐狸。

"这座园子里没有主人,里面长着翡翠色的葡萄,我着实饱饱吃了一肚子,正在休息呐。"狐狸鬼眉鬼眼地说。

"那么,你的鼻子里是什么呀?"

"鲜葡萄呗。"

狼觉得很蹊跷,又问道:"葡萄是往肚里吃的,你为啥吃进了鼻里?"

"我并没有吃在鼻里呀,那是我吃进肚里后,肚里容纳不下,又从鼻里冒出来。"

"那样的话,我也要进去吃吃,一直吃到从鼻里冒出来。"

"成呀,你就钻进园里放心大胆去吃好了,我在墙头上替你放哨。"

狼可高兴啦,立即翻过墙头跳进园子里,贪婪地吃起葡萄来。吃呀吃,吃得肚皮都鼓了起来,可葡萄还没从鼻里冒出来。狼望着墙头上的狐狸,问道:"咋还不从鼻里冒出来呀?"

狐狸给狼打气说:"你只管不住口地吃好了,马上就会冒出来的。"

狼又吧唧吧唧地吃呀吃,直吃得肚子像个牛皮袋撑了起来,眼睛翻得圆溜溜的,跑又跑不出来,逃又逃不了,惊慌失措地在园里打转转。这时,狐狸站在墙上放声喊道:"喂,园丁,贼溜进你家葡萄园啦!快来捉贼呀……"

园丁闻声手持木棒赶来,见一只狼在园子里溜达,冲过去劈头盖脸给了十几棒,狼被打得筋折骨断,头破血流,葡萄从鼻里冒了出来。这时,狐狸洋洋得意地说道:"狼呀,怎么样?你说葡萄从你鼻里冒不出来,现在不是冒出来了吗!"

说罢,"扑通"跳下墙头,匆匆走开啦。

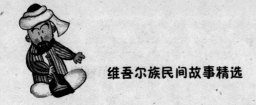

# 狐狸找狗交朋友

　　一条狗看守着一个大院子,院里有很多鸡、鹅和鸭。一天,一只狐狸从院子旁边经过,忽然听到里面传出鸡、鹅和鸭的叫声,顿时馋得涎水直流。狐狸沿着院墙转了一圈,只见大门从里面闩得死死的,墙角下又没个洞,无法进得去。它想翻过墙头跳进去,可一看墙头老高老高的,心里也就泄了气。

　　狐狸眼珠一转,就有了主意:"只要把狗哄弄转,事情就好办。"于是狐狸回到自己的住处,在一条布袋里装了些碎麦草,找来十几个乌龟蛋装在篮子里,又去到那家院门口,使劲将门环哗啦哗啦摇了几下。狗听见打开门一看,只见一只狐狸站在门口,肩扛布袋,手提篮子,摇摆着尾巴。狗厉声问道:"哼!你来干什么?"

　　狐狸满脸堆笑地说:"我从你家门口经过,顺便向你问个好,跟你认识认识,彼此交个朋友。"

　　"你从何处来?篮子里装的是什么?"狗追问道。

狐狸回答:"我从城里买了几个鸡蛋,想孵一窝小鸡。卖鸡蛋的大婶说,它的鸡蛋跟别人的不一般,孵出的鸡永不老,每天都生两个大鸡蛋哩。"

听了狐狸的话,狗以为狐狸看得深远,信以为真,心想:"如果我也用这鸡蛋孵出一窝小鸡,该多好呀!"于是狗问道:"将你篮里的鸡蛋,送我几个可以吗?"

狐狸说:"行,行,对你这样可以信赖的朋友,我绝不会吝啬的。"

狗见狐狸挺慷慨,便请狐狸进到院子里,狐狸将篮子搁在地上,取出十多个蛋交给狗。狗立刻搭了个窝儿,捉来一只正在闹窝的母鸡孵小鸡。狐狸见狗已经落入圈套,怪声叫起来:

"唉哟,我的朋友,我该回家去啦!可是日头快下山了,恐怕走不回去哩,今夜在你这儿借宿一宵,可以吗?"

狗不假思索地说:"行呀,你就住在我这里吧。想什么时候回去,就什么时候回去。"说了,放心地钻进自己的窝儿里睡觉了。

狐狸也钻进狗指给它的一个窝里,但是它并没有睡大觉,一直在眨巴着眼睛。当夜深人静的时候,狐狸认为时机到了,便偷偷溜进鸡圈,偷了三只鸡装进布袋里,又回到原位,这才睡着了。

夜间,母鸡孵着蛋,到天亮的时候,只觉得蛋在动弹,以为鸡雏啄破蛋壳出来了。站起来一看,哪是什么鸡雏呀,原来是一窝不三不四的怪物,吓得连忙跑出鸡窝,咯咯咕咕地叫着,满院乱奔。鹅和鸭不知出了什么事,急颠颠地走过来观看。

**维吾尔族民间故事精选**

"这是什么怪东西呀？"鹅惊愕地说。

"咳,可怜的母鸡呀,你孵出来的这是什么玩意呀!"鸭目光痴呆,直摇着头说。

闹窝母鸡不停地拍着翅膀,流着眼泪,说:"它究竟是什么东西,我也不认识。反正,它不是咱们的同类!"

狗听到鸡呀、鹅呀、鸭呀的嚷嚷声,跑过去一看,原来是十几只怪头怪脑的乌龟崽子!它恍然大悟,说:"哦,我上了奸诈狐狸的当!原来它送我的是乌龟蛋呀! ……"

狐狸偷了三只母鸡塞进布袋里,正要溜出门逃走时,被狗一把逮住,质问:"狡猾的狐狸,你前来自讨苦吃,你还有什么鬼点子?"狗连咬带抓,当场咬死了狐狸。

# 勇敢的山羊

古时候，有一个老公公和老婆婆，家中一贫如洗，唯一的财产就是一只山羊。他们每天给山羊一捆干草，一天挤一碗羊奶，山羊一个星期只能得到一天休息，每逢休息日才能出门觅寻青草吃，其他日子里，山羊的脖子经常系着一条绳子，被拴在院落里一根木桩上，艰辛地吃着干草。

一天，山羊独自在野外一个水草丰茂的洼地，边走边吃着青草尖儿时，忽然一只母绵羊来到它身边，向它恭敬地施礼问好。山羊见母绵羊的奶子上罩着一个布袋，瘦得皮包骨头，颤颤悠悠地站也站不稳当，十分可怜，不禁说道："哎咦，可怜的绵羊，你的身板咋成了这个样子，看来你受尽了苦难……"

绵羊听了这话，凝目盯视着山羊，不胜感慨地道："哎哟，山羊朋友，瞧瞧你骨瘦嶙峋的身子，就知道你的情况不见得比我好多少。"

65

山羊说:"这倒是真话,我过的日子,艰苦难言呀!"说罢,把自己的难处一五一十讲了一遍。

山羊讲罢后,绵羊也讲了讲自己的经历。原来它的身世跟山羊的几乎一样,也是七天才能得到一天休息。山羊和绵羊为了摆脱主人的压榨,萌生了逃到别处去的念头。

"逃到什么地方去好呢?"绵羊问。

山羊朝四周眺望眺望,指着很远的一座大山,说:"我妈妈曾说过,那座隐约望得见的大山上,水儿清清,草儿绿绿,气候适宜,景色绮丽。就去那儿吧。"

这话可说在了绵羊的心坎上,于是两个新结识的伙伴,朝着那座大山走去。半路老远看见一个什么东西的黑影在晃荡,它们走近时原来是头大犍牛。犍牛身高一丈,角长五尺,骨瘦如柴,脊背流脓,眼睛迷迷蒙蒙,鼻梁好似烟囱,脖颈如同柳条似的,动作迟钝地慢慢走来。山羊赶忙向犍牛行了个礼,犍牛仿佛连说话的力气也没有,只是没精打采地点点头。山羊见犍牛到了这个地步,心里一阵酸楚,久久地凝望了一阵子,问道:"喂,犍牛,祝你一路平安!你去哪儿呀?"

犍牛深深地呼吸了一口气,像浑身患病的人一样,说道:"唉,我一刻不停歇地干了一星期,今儿轮到休息,我出来走走转转,舒展舒展四肢。"

山羊和绵羊向犍牛叙说了自己的经历,说它们要去隐约望见的那座大山上。

犍牛听罢它们的话，喟然叹息道："我从早到晚，拉着沉重笨拙的犁铧犁地，可是我的主人一点也不怜悯我，赶我回家后，给我吃的是胡麻草，我的苦衷一言难尽呀！好啊，让我也给你们做个伴儿，咱们一道走吧。"

就这样，山羊、绵羊和犍牛，三个难兄难弟走了很多路程，终于来到那座大山上。

正如山羊所讲的，大山上果真碧绿如茵，翠树成林，空气清新，凉风送爽；山泉里喷出的银水，蜿蜒环绕着青山，水声潺潺……它们一到山上，就食鲜嫩的青草，饮清冽的泉水，没过多久，吃得毛色光滑，膘肥体壮。

一天夜间，山风不停地呼呼吹，犍牛受凉害了病，四肢蜷缩成一个疙瘩，口喘粗气，哆哆嗦嗦地躺在地上。翌日清早，山羊爬上杉树朝远处望时，看见山脚下一个山洞里冒着浓烟，跟绵羊俩搀扶起犍牛朝山洞走去，好让犍牛暖和暖和身子。走着走着，路上碰到一张虎皮，山羊捡起披在犍牛身上；又走了不远，遇到一张狼皮和一张狐狸皮，同样拾起来苫在犍牛背上。来到山洞前，才晓得野兽们在洞里娱乐，只听老虎威胁狐狸说："今天的娱乐由你主持，为何没肉吃呀？"

狐狸耷拉着脑袋说："禀报大王，今天真倒霉，我到处搜索过了，任何食物都没碰见。唉，真主不肯赐，谁也没法子呀！"狐狸说着，慢腾腾抬起头来观察老虎的脸色时，见一只山羊、一只绵羊、一头犍牛在洞门口站着，顿时高兴得狞笑了，作了首诗吟道："喜看伙

伴宾朋盈盈满堂,我们的首领是威威虎王。宴席上山羊绵羊膘肥体壮,腿粗肚圆的犍牛肉儿最香。"

绵羊和犍牛吓得胆战心跳,山羊却十分沉着镇定,声色俱厉地道:"狡猾的狐狸且莫猖狂,你竖长耳朵听我来讲:我是巍巍山区的屠夫,我是赫赫大名的山羊。我跟肉铺老板签订了合同,捕宰六十只老虎、狐狸和狼。贪生怕死的野兽快逃命,有本事的留下跟我较量。"

野兽们瞅瞅犍牛身上披的虎皮、狼皮和狐狸皮,魂都吓掉了,一哄而散,溜出山洞朝四下里逃命而去。山羊带绵羊、犍牛进山洞里为犍牛暖和了半晌身子,将野兽叼来的东西,全搭在犍牛背上回原处。

野兽逃出山洞,惊慌失措地跑啊跑啊,又不约而同地聚集在一处,七嘴八舌议论了一阵,见犍牛、山羊和路上走着,又去追踪它们,想饱餐一顿。

山羊老远望见一群野兽穷凶极恶地朝它们跑来,立即吩咐犍牛和绵羊道:

"我上到杉树上,你们立刻躲藏起来。等猛兽跑过来时,我尖叫一声从树上俯冲下来,你们听见我的叫声后,就冲出来。"说罢,山羊敏捷地爬到杉树上,犍牛和绵羊找了个安全的地方隐藏起来。

不一会儿,那群野兽跑过来了,却不见犍牛、山羊和绵羊的踪影,垂头丧气地蹲在杉树下。这时,别的野兽对狐狸说道:"狐狸,你是占卜先生嘛,你好好算算,它们到底藏在何处?今儿能不能吃到它们的肉？"

狐狸听了,盘腿坐在地上,开始算起卦来,别的野兽也眼睁睁地望着狐狸。正在这时,山羊使尽力气吆喊一声,四脚一蹬从杉树上俯冲下来,犍牛和绵羊听见山羊的叫声,也吼叫着从隐藏处奔跑过来,三个朋友齐声喊道:"逮住占卜的狐狸呀! 快逮住占卜的狐狸! ……"

野兽们一听这突如其来的恐怖叫声,又见山羊从半空中飞下来,吓得惊恐万分,没命地奔逃而去,再也没敢露面。

从此,山羊、绵羊和犍牛过着安逸太平的日子。

# 狐狸骗毛驴

一只狐狸慌里慌张奔跑着,突然跌进齐刷刷的深沟里。狐狸拼命地往上爬,爬了半天,还是没有爬上来。狐狸眨着眼睛,仰望天空,一筹莫展地坐在沟底里。不多一会儿,一只寻找水喝的毛驴来到沟沿,看见沟底的狐狸,问道:"喂,狐狸,你蹲在这儿干吗?"

狐狸说:"我在原野上跑了老半天,都快热死渴死我啦。这儿有泉水,空气凉快清爽,我喝了些水,在乘凉哩。"

毛驴一听,心想:"好哇,我也去沟底里,喝喝水,解解渴,舒服一阵子。"它随即扬起前蹄,跳进深沟。它的脚骨发痛得没站稳,狐狸就乘机倏地爬上它的脊背,踩着脊背跳出深沟,走开了。毛驴呆愣愣地站在深沟里,再也没有上来。

据说,"相信骗子的话,会招致祸殃"。这句谚语就是从这儿来的。

# 虎王之死

很早很早以前,一座大山的密林里,生活着各种动物。老虎是百兽之王,它碰到什么动物,就吃什么动物,野兽们感到很恐怖,成群结队地朝四面八方逃去,最后森林里只剩下虎王和它的大臣狐狸。

狐狸为自己的命运担忧,为了保全自己,它思来想去,决定先下手置老虎于死地。它深知老虎最喜欢别的动物吹捧它。狐狸来到虎王面前,阿谀奉承道:"大王,您是这片森林里接辈传代的掌柜。您的父亲在世时,骁勇剽悍,力大无穷,是位盖世无双的英雄。它为了能健康长寿,时常从这个山头跳到那个山头,不间歇地锻炼身体呢。我看您的秉性跟您爸爸的一模一样呀!"

"对呀,对呀!"虎王高兴得龇着牙说:"我的祖辈有如此了不起的本领,你为什么不早讲给我?"

"伟大的王,"狐狸弯了弯腰说,"过去我没有告诉您,是我的过

错。常言道:'有什么样的父亲,就有什么样的儿子。'您也应该练练跳山的本领。"

虎王听了狐狸的话,说:"跳山有什么难,还不是轻而易举的事吗。"

说罢,它从自己站的大山顶上,朝面前的一座大山顶跳去,结果掉进万丈深渊里,摔死了。

# 陶斯艾来英

古时一个灌木丛里,有各种各样飞禽走兽,它们愉快地生活在一起,老虎是它们的大王。

有一天,一只熊擅自离开伙伴,独个儿出外觅食。没过多久,熊对附近一个小庄子上的情况就相当熟悉了。它常在夜深人静时,溜出去偷吃那个庄子的羊羔和鸡鸭,要是偷吃不到,便在庄子里溜达,啃吃些人们扔掉的骨头充饥。熊对自己能找到这样的美事,感到满心欢喜,认为只有自己聪明,别的动物都是笨蛋。

一天夜里,熊照旧窜到庄子上,转遍了每个角落,没找到任何可吃的东西。熊肚子饿得慌,又窜到离庄子较远的一个老户人家门口。是房主忘记了关门,还是出去干别的什么事情就不清楚了,反正两扇门敞开着。

"好极啦,这次我可要把肚皮吃得鼓起来哩!"熊心中想着,高高兴兴地走进屋去,一看,屋里放满了一个个大木桶。熊随即爬上

一只木桶，正在窥探里面装着什么食物时，脚突然跟什么物件相撞，只听得发出一阵叮叮当当的响声。这可吓坏了熊，它浑身打战，脚站不稳，三摇两晃，"扑通"倒栽进木桶。一瞧，桶里盛满着水，它挣扎着爬出来要撒腿溜走时，身子却失去平衡，又掉入第二个木桶里。就这样，熊从这只木桶爬出来，又掉进那个桶里，从那个桶爬出来，又掉进这个桶里。屋里二十个大桶整整齐齐摆成一排，每个桶里它都掉进去了一次。最后，总算有气无力地从第二十个桶里爬了出来。这时它浑身湿透，夹着尾巴溜到庄子旁边的树林里，空着肚皮，疲惫地躺在那里睡着了。

第二天，熊醒来时，太阳金光灿灿，已快晌午了。熊朝自己身上一瞧，万分惊骇：浑身的毛在闪耀的太阳光下呈现出几十种各样不同的颜色！熊这么琢磨，那么思索，还是没有弄清缘由。原来，那所屋子是位染匠老师傅的工坊，熊怎么也没有想到自己正是掉进了浸泡着染料的桶里。它想想去，一个奇妙的诡计顿时涌上心头："现在别的动物哪个也不会认出我就是熊啦！过去老虎、狮子、豹子瞧不起我，把我欺负践踏得够呛！如今我可要抖抖威风，给它们一点厉害尝尝。"熊愈想愈美，想得忘乎所以的时候，便给自己起了个"陶斯艾来英"（意为毛色斑斓的动物）名字，威风凛凛地朝灌木丛走去。

了保卫自己家园的和平及自身的安全，老虎大王和狮子大臣在灌木丛四周布置有岗哨。卫士们见了一个奇形怪状的家伙摇摆着走过来，感到诧异惊恐，立刻禀报老虎大王和狮子大臣。虎王想了想,对狮子大臣及伙伴们说道:"哪有咱们不认识的动物?它一定是个不伦不类的坏东西,要警惕,先以礼待它吧。"说完,打发卫士请那家伙来灌木丛做客,并通知所有动物集合列队欢迎。熊一听老虎邀请它哩,越加神气,从欢迎它的动物面前走过时,傲慢地晃着脑袋,瞧也不瞧一眼欢迎它的动物,径直走过去坐在虎王的座位上。动物们感到惊讶,虎王心里也愤愤不平,但却按捺住性子没有发作。在老虎它们的心目中,这个骄傲的"客

人"连起码的礼节也不懂,也就没盘问它到底是哪类动物。直到第二天,才问了它的名字。熊说:"我名叫陶斯艾来英,是动物界罕闻少见的。"

自从熊来到灌木丛,往日的安静被吵闹所代替,亲密和睦变成了没完没了的争执纠纷。这个自命"陶斯艾来英"的家伙,把一个好端端的灌木丛折腾得不得安宁。它的所作所为,野兽们看在眼里,恨在心头,才知道它是个制造谣言、挑拨离间的丑怪之物。它们经过商量,推举最有声望的狮子和豹子作代表,到虎王那儿告发了这个丑类一状。

"大王陛下!"狮子和豹子把"陶斯艾来英"干的坏事,一桩桩地摆出后,说道:"伙伴们吃够了它的苦头,没有一个不厌恶这个家伙的。它究竟是什么东西?我们也没调查调查,仅仅看到它身上闪闪发光的几十种毛色,就把它当做贵客,捧到了天上。伙伴们一致提出要对这个昧良心的丑怪之物采取行动,惩治它哩。"

老虎完全同意这意见。它对请"陶斯艾来英"来灌木丛,心里也

十分懊悔,正在考虑如何处理这个坏蛋哩。老虎和狮子共同商定了办法:举行游艺大会,会上伙伴们按类就座,表演各自的技艺,给最佳者颁奖。

第二天,虎王的命令一下达,所有动物就统统召集起来入会场,自动按类就位。各种动物争先恐后,跳的跳呀,舞的舞呀,尽情表演自己所特有的技艺。游艺大会十分热闹,连虎王、狮子和豹子也跟自己的同类坐在一起欣赏哩。这个自尊自大的"陶斯艾来英",为了不露出熊类的马脚,尽管佯装镇静,可是当它看到大熊小熊自由自在地欢乐舞蹈时,意不随心,再也按捺不住了,抬起屁股,跑过去加入在熊类的行列里,摇头摆尾地跳起熊舞来。

"这个自己吹嘘叫'陶斯艾来英'的,原来是只恶熊。打死恶熊,打死恶熊!"受过恶熊欺负凌辱的动物,异口同声地大喊大叫起来。它们纷纷举起爪儿,打的打,撕的撕,把恶熊身上几十种色道的毛拔了个精光。恶熊缩成一团,眼眶滚泪,浑身血淋淋的,翻了翻白眼死去了。

从此,灌木丛里除了一大害,各种动物又过着欢乐自由、亲密和睦的日子。

# 鹿

一只鹿来到河边喝水,见自己分叉的大角映现在水里,越看越觉得漂亮,它陶醉了,飘飘然起来。一会儿,它又看了一下自己的脚,蹙着眉头颇不高兴地说:"原来我的脚

跟驴子的脚一样,这般丑陋,跟我美丽的角多不相配呀!"

这时,突然走过来一只狮子。狮子的嘴张得像洞口大,怒目盯视着鹿。鹿吓得丧魂失魄,撒腿疾风般地朝森林里逃去,叉开的角碰在密密匝匝的森林里,穿行不过去,后退又不得,正在乱蹦瞎撞时,狮子追赶过来逮住了鹿。这时候,鹿仿佛才明白过来,懊悔地说:"唉,我也真够蒙头蒙脑!我瞧不起的脚逃到了森林里,使我保住了命;可是,我漂亮的角却给我招来了灾难……"

# 狼吃山羊

有一天，一位农夫去打柴，到了中午，坐在路旁的胡杨树阴下吃午饭，突然从树林里溜出一只饿狼。狼走过来问农夫："喂，人呀，你在吃什么？"

"我吃的是馕和蜂蜜。"农夫回答。

"给我少许一点，让我尝尝。"

农夫掰了一块馕，在碗里的蜂蜜中蘸了一下给了狼。狼一吃觉得怪香的，说："我非常非常喜欢吃馕，就是不晓得这馕是怎么做熟的。你能不能告诉我？"

"可以呀！"农夫把犁地、播种、拔草、灌水、收割、打场、磨面、烤馕的全部过程，详细向狼讲了一遍。

听了农夫的话，狼说："哎呀呀！……这么艰难呀！现在我的肚子就饿得慌，请你告诉我：我如何才能吃到现成的馕？"

农夫略微思索一下，对狼说："那样的话，你到草原上去，那儿有马群。马群里有匹骒马生下一个马驹，你去把那个马驹吃了吧。"

狼一趟子跑到草原上，那儿果然有一群马，摆着尾巴，头也不抬地在吃草。狼一看，马群里有匹骒马正在给马驹喂奶，便朝吃奶的马驹冲过去，骒马机敏地用两只后蹄使劲一踢，把狼踢倒在地，晕过去了。

狼在地上躺了好一阵，清醒过来之后，又去到那位农夫面前，啼啼哭哭说："我没有吃到马驹呀！"

农夫指着远处一座险峻的大山，说："你去那座山上吧，那儿有很多山羊，你挑选一只最肥的吃吧。"

狼疯疯癫癫地跑到大山上，老远看见一只又大又肥的山羊，馋得嘴里直流涎水，说道："嘀，乖乖！好大好肥的山羊呀！……"

说着，走到山羊跟前，对山羊说："山羊呀，是农夫命令我来吃你的，你不能反抗呀！"

山羊说："行呀，狼掌柜。既然农夫命令你来吃我，我还有什么话好说哩。你就吃了我吧！不知你准备如何吃法？要是一块一块地吃，那多麻烦呀。这样吧，你背靠那块岩石，叉开四条腿子，张大嘴巴站下，我跑过去自个儿钻进你的嘴里，你囫囵将我吃了。"

狼按照山羊说的站好后，山羊猛跑过去，用它那坚硬的双角，对准狼狠狠抵去——一头就把狼抵倒在地，失去知觉。

狼昏昏迷迷在地上躺了好几个小时，渐渐清醒过来。吐了口

气,朝四周一看,什么东西也没看见,喃喃自语地说:"我吃了山羊,还是没有吃山羊? 眼前不见山羊了,从这个情景看,我一定是吃了山羊……"

# 聪明的獾

一只饿得快要死的狼，摸黑儿窜出灌木丛，忽然碰上一只又肥又胖的獾，高兴得嘴巴咧到耳门边。它故意装出一副和蔼的样子，问道："獾兄弟，你从何而来，往何而去呀？"

"哦，狼大哥，是你呀！"深知狼狼毒阴险的獾，随机应变地说道："我为了请你去做客，跑遍了山山峁峁，哪儿也没找见你。凑巧在这儿遇上了，你真有口福，快跟我走吧。"

"哎，撒谎的混蛋！"狼刷地脸色一沉，说："瞧你说得多动听呀！哼，你还想哄骗我？我并不是那号糊里糊涂的狼，我才不上你的当哩！你瞧着吧，现在你想跑也跑不脱了，我要吃了你。"

说着，狼猛冲过来，伸出爪子要逮住獾。獾毫不惊慌地说：

"哎呀，笨蛋！你知道不知道如何吃我们的呀？我量你也不会像你的祖辈那样吃我们。"

狼一听，觉得这话挺新鲜，皱皱眉头，就问道："那么，我们祖辈

是怎样吃你们的呀？"

"如果你愿意听的话，我可以讲给你听听。"

"我很愿意听，请你讲讲吧。"

貛开始说道："你们的祖辈向来不跟你一样，稀里糊涂吃我们。它们逮住貛后，先把貛扶到自个儿的脊背上，从这头往那头来来回回跑三趟，然后丢在地上，才消消停停地吃哩。至于它们为什么要这样，这个我可就不晓得喽。"

狼觉得这事蹊跷得很，里面准有什么奥妙，就想模仿祖辈们的法子来吃貛。狼随即把貛从掌上扶起来，吩咐它骑在自己背上，开始从这头往那头往返跑了三趟，慢慢丢在路旁。在狼累得吁吁喘气的当儿，貛机敏地跑过去钻进了自己的窝里。

狼不禁怒从心起，吼道："原来你在哄骗我哩！……"

貛安然地蹲在窝里，用嘲讽的口吻回答：

"我聪明的祖辈们，就是时常用这种办法愚弄你的父辈们，安然无恙地保全了自己的生命。"

以上搜集：艾海提·阿西木

# 狐狸请客

狐狸和雁结成了一对朋友,一天狐狸请雁到他家做客。奸诈的狐狸怕雁多吃了饭,特意做了半碗玉米面糊糊,盛在一个浅盘子里端到雁面前,说:"朋友,听说你最喜欢吃这种饭。请,别客气,吃呀,吃呀!"

一则由于糊糊很稀,二则由于盛在浅盘子里,雁咚嗒咚嗒啄着吃了几口,怎么也吃不到嘴里,无可奈何,只好闭上嘴坐在一旁。

狐狸拿腔作势地说道:"朋友,你的饭量差劲得很哪!你为啥不像我一样大口大口地吃呢?"说着头也没抬,将一盘子糊糊舔吃得干干净净。

雁什么也没吃到,只好空着肚子返回自个儿屋里。

雁为了整治整治狐狸,也请狐狸到自家来做客。饭做好后,雁把饭盛在一个长颈罐儿里,提到狐狸面前说:"别客气,请吃吧!"

饭的香味从罐里冒出来,直往狐狸鼻子里钻。可是由于罐口太

小,狐狸的嘴怎么也放不进去,吃不到里面的饭,馋得涎水滴答直流。雁却由于头小颈长,把长嘴放进罐里吃起来。雁吃饱了,伸出头来问道:"狐狸朋友,你今天咋不吃饭呀?是不是胃上出了毛病?"

狐狸舔舔嘴唇,自欺欺人地说:"我吃了呀,你的饭可香啊!……"

雁说:"如果舔舔嘴唇能饱肚子的话,往后你再来我家做客时,就用不着我准备食物喽。"

狐狸臊得满脸绯红,说不出话来。

# 偷吃羊羔的狼

从前有位老奶奶,老伴过世后,孤零零一个人居住在离村子很远的秋牧场生活。

老奶奶家道贫寒,唯一的财产是只羊羔。她把羊羔看成是自己的孩子,每天去山上采来鲜嫩的草尖,带来清清的泉水,让羊羔吃喝,从早到晚和羊羔亲热地呆在一起,形影不离。这天,老奶奶出门时,再三叮咛羊羔:"我的羊羔,奶奶走出门,你要把门从里面扣好。我不进家,你不能随便溜出去,若别人来叫门,无论是谁,你都不要开门。"

到了后晌,老奶奶从山上采回一布袋青草尖,提回一陶罐山泉水,来到门口轻声说:

我的羊羔,起来,起来,

我采来了鲜嫩的草尖;

我的羊羔,起来,起来,

我提来了清清的泉水。

羊羔一听这熟悉的声音,打开门让奶奶进来,贪婪地吃草喝水,吃饱喝足后,老奶奶便带它出门游玩。

一天,一只狼看见了这只羊羔,就想吃掉它,却怎么也等不着下口的机会。因为羊羔时刻也不离开老奶奶,老奶奶上山去时,羊羔又不从门里走出来。

可是,狼并没有放弃吃掉这只羊羔的念头。一天,老奶奶上山之后,狼偷偷溜来躲藏在一墩野刺下面,专等羊羔从门里跑出来,可等了半晌,羊羔还是没有出门来。狼正在馋得满嘴流涎水时,老奶奶回来了,狼顿时耷拉着一口长的舌头,一溜烟跑开了。

第二天,老奶奶上山后,狼又跑来藏在那墩野刺下面,两只眼睛盯着门口,望了半天不见羊羔出门来,跑过去又从门缝窥探,只见羊羔安详地卧在院落太阳地里,小嘴巴一磨一磨地反刍食物,它恨不得一口把羊羔囫囵吞入腹中。可是门从里面反扣着,狼干着急,又是恫吓,又是用爪子打门,羊羔照旧一动不动地卧在地上。这时,狼忽见老奶奶回来了,夹紧尾巴逃开了。

狼吃羊羔的心不死。第三天,狼估摸老奶奶快从山上回来,便暗暗躲藏在一个隐蔽处观察动静。不一会儿,果然老奶奶一只胳肢窝里夹着一布袋青草尖,一只手里提着一陶罐泉水,来到门口细声慢气地唱道:

> 我的羊羔,起来,起来,
>
> 我采来了鲜嫩的草尖;
>
> 我的羊羔,起来,起来,
>
> 我提来了清清的泉水。

一听是老奶奶的声音,羊羔一下子跑过来打开门,在老奶奶面前摇头摆尾地撒欢。狼见此情景,心中有了主意,放心地回去了。

狼溜进灌木丛里,反复诵着老奶奶说过的那四句话,好不容易熬到了天亮。太阳出来后,狼见老奶奶肩搭布袋,手提陶罐,出门上山去了,便跑过来围绕着院墙转了一圈,最后停在门口,模仿老奶奶的声音唱道:

> 我的羊羔,起来,起来,
>
> 我采来了鲜嫩的草尖;
>
> 我的羊羔,起来,起来,
>
> 我提来了清清的泉水。

羊羔一听,觉得这声音怪里怪气的,不像老奶奶的声音。可一想,喊门的话和老奶奶说的完全一样,便去开门。门刚一打开,狼像箭一般地冲近来,咬死羊羔吃完后,朝森林里跑去。

过了一个时辰,老奶奶返回来了。她一看两扇大门敞开着,猜

想一定出事了,进门一看,院里不见羊羔,只见鲜血满地,到处撒着羊羔的骨头。老奶奶凄惨地喊了一声:"我的真主啊!"软瘫瘫一屁股坐在地上……

老奶奶精神恢复正常之后,去村里买来一只羊羔,牵回家来的路上又被那只狼望见了。羊羔牵到家中,她就动手在门槛前挖了一个深坑,把馕坑里的火子统统倒在里面,上面覆盖了一层干草,草上面又薄薄撒了些细土。随即,她肩搭布袋,手提陶罐,佯装去遥远的山上,但她却转了个弯子进到家中,屏声静气地躲在门背后,专等狼来吃她的羊羔。

狼见老奶奶一颠一拐地走出了家门,放放心心来到老奶奶家门口。狼刚说了声"我的羊羔……"就"扑通"掉进坑里,嗥嗥直叫起来!这时,老奶奶手提坎土曼,打开门一看,覆盖的干草掉在坑里熊熊燃烧,狼横躺在火堆里挣扎着,嗥叫着……老奶奶咬牙说道:

"哼,可恶的狼,你总算受到了应得的惩罚!"说完,将狼埋在坑里。

# 恩将仇报

有只贪婪的狮子,把一位渔人打来的鱼全偷吃了。吃的时候没有细嚼慢咽,鱼刺卡在嗓子里,吐又吐不出来,咽又咽不下去,喉咙疼得要命,满嘴鲜血直流。无可奈何,它只好去找医生。

狮子在路上走着,半路碰上大雁。狮子央求说:"大雁兄弟,劳驾你为我治疗一下病。要是你治好了我的病,你的恩德我一辈子铭记在心。"

"阁下,"大雁惊恐不安地说,"我从没有给谁看过病,对于治病我是个外行呀。"

狮子说:"兄弟,你一定能治好我的病,你别推辞,助我一臂之力吧。"

没有办法,大雁只好说:"那样的话,你究竟患了什么病,讲给我听听吧。'

狮子伸长脖子,张开嘴巴,结结巴巴地说:"你瞧瞧,鱼刺戳在

了我嗓子里。只要你把你的长嘴放进去，就可以把鱼刺取出来。"

大雁怎么也不敢把嘴伸进狮子的嘴里，它左右为难，又推卸不了，最后勉强把嘴伸进去，小心翼翼地取出了鱼刺。

狮子的痛苦解除了，自由地呼吸着空气，感到十分安稳舒畅。它打量打量大雁，又说："大雁兄弟，感谢你！您既然帮助我，就帮到底吧。由于我喉咙里卡了鱼刺，整整两天没吃东西了，这会儿肚子饿得慌，你去弄些食物来，让我填填肚子吧。"

"狮子大哥，"大雁惊愕地说，"我到哪儿去弄食物呢？我看好了你的病，你又……"

狮子打断大雁的话，脸色一变，吼道："哼，你为何要把你那腌□的嘴，伸进我高贵的口腔里？对我的侮辱难道还有比这更大的吗！明白告诉你吧：我要吃掉你！"

"狮子大哥，你不要给我出难题。"大雁哆哆嗦嗦地说，"那是你叫我把嘴伸进你的口腔里，为你治病的呀。"

狮子拿眼睛盯着大雁，不耐烦地说："少讲废话！你把臭嘴强塞进我嘴里，我连气都喘不出来，差点憋死我！你犯了罪，休想逃走。"

不等大雁分辨，狮子就伸出前爪一把捉住大雁，横眉竖眼地道："我才没有跟你讲理的工夫哩。你把我肚子惹得好饥哟！"说着爪扯嘴咬，把大雁吞入腹中。

据说，"恩将仇报"这句话，就是从这儿流传下来的。

搜集：艾尔西丁·塔特里克

# 狐狸的诡计

一天,老虎出外觅食,碰到只狐狸。许久没有找到食吃的老虎,一声咆哮向狐狸猛扑过去。深知老虎暴虐的狐狸,使了个心眼,想碰碰运气。

"啊,百兽的父亲,森林的掌柜!"狐狸扑刷刷流着眼泪说,"我前来您的府上控诉,正巧在这儿碰上了您……"

老虎听了狐狸的话,脸上绽开了笑容,暗自忖度道:"这家伙横竖是我掌中现成的食物,我先听听它的控诉吧,也许对我还有益处哩。"于是说道:"你讲吧,我听听。"

"哎呀,明察秋毫的虎王!"狐狸挪动挪动身子说,"在我生命的最后时刻,我为了效忠陛下,不顾疲劳地跑遍了戈壁荒野,好不容易才为您逮住一只肥胖的黄羊。当我正驮着黄羊来您身旁时,突然一只狼扑到我面前,蛮横地叼走了黄羊。我又告饶,又恳求,它竟然不予理睬,在我面前摆出一副恶狠狠的架势,连撕带扯地咬成碎

片,贪婪地边嚼边吃起来。我警告它:'哎,没有礼貌的东西,你竟敢打劫伟大虎王的圣食!'它口吐狂言说:'嘿,愚蠢的狐狸,难道你不晓得,在这个广阔的草原上,再没有比我狼更大的野兽吗?'它居然厚颜无耻地鄙视陛下,在您光彩的脸上涂黑墨。我见惹不起它,就拔腿来向陛下控诉。如今我已尽到了自己的孝心,其余的事,您自个儿看着办吧。

老虎听罢狐狸的话,愤怒地说:"你能不能带我去那儿?"

"我豁上这条命,也愿带您去呀!"狐狸说着,带老虎来到猎人挖好的陷阱旁边,指着猎人扔在陷阱上引诱野兽的黄羊肉,诡秘地说:"那个混蛋,刚才还在这儿称王称霸哩。您瞧,那不是它吃剩的黄羊肉吗!大概它惧怕陛下的威严,逃跑啦。"

老虎见了肉,心想:"待我先把这些肉吃了,填填肚子,再去教训那只死皮赖脸的狼,叫它认识认识我是谁。"想着,朝陷阱中的肉猛扑过去——倒栽葱跌进陷阱里。

狐狸见此情景,撇撇嘴说道:"是你要吃我的肉,还是猎人要扒你的皮,让猎人决定吧。"说罢,蹒跚而去。

# 搬弄是非的狼

古时候,老虎是百兽之王。一天,野兽们听说虎王的腿有了病,不能行走,痛苦地躺在深山老林,便成群结队去探望。可是,唯独狐狸没有去。狼觉察到了,无中生有地向老虎禀报说:"大王,狐狸这家伙可傲慢啦,它根本不把陛下放在眼里。我告诉它虎王患了病,约它一同前来慰问您,可它却说:'虎王患了病,与我何干!'乐悠悠地唱着歌儿走了。您应该严厉惩罚惩罚它!"

虎王阴着脸,愤愤地"哼"了一声,说:"待我的病好了,教训教训这小子。"

狐狸从别的野兽嘴里听说狼搬弄是非,故意找它的茬儿,心头的怒气怎么也平息不了。它听说虎王的病越来越重,甚至到了奄奄一息的田地了,一天便独自来到虎王面前。

老虎见狐狸笑嘻嘻地站在它面前,大声吼道:"哼,小妖精!我腿疼得快要死了,你为什么还龇着个嘴笑哩!"

狐狸嘿嘿笑得更加合不拢嘴巴了,说道:"伟大的虎王陛下,我为您找来了药方,怎么会不高兴呢?我听说您害了病,睡不安,吃不下,便赶忙去找医生为您求药。我问遍了所有的医生,它们都说:'要想治好虎王的病,必须把狼的右腿从骨节处砍断,剥下皮,把骨髓涂在虎王的腿上,然后用狼皮包扎住,很快就会好的。'"

老虎信以为真,立刻命令卫士带来那只狼,照狐狸说的,把它的右前腿从骨节处砍断,剥下皮来,砸烂骨头,掏出骨髓,为自己治病。

从此,那只搬弄是非的狼少了一条腿,走起路来蹦蹦跳跳的可怜地度过了一生。

# 老鼠救狮子

有一天,狮子正在睡觉,一只老鼠溜过去爬在它的背上,跳来跳去。狮子被惊醒过来,气愤地直翻白眼,逮住老鼠要甩死它时,老鼠吓得苦苦央求道:"狮子大哥,请您别生气。往后,我再也不敢爬在您身上胡作非为啦。也许有那么一天,我还会为您干件好事的。求您放了我吧!"

狮子用鄙夷的目光斜睇着老鼠,冷淡地说:"你是只小小的老鼠,还能为我雄狮干好事? 可笑,可笑。"

老鼠抹抹眼泪说:"狮子大哥,您别这么说呀! 常言道,骄傲的常挨棍棒。您所瞧不在眼里的小动物,有时也会干出了不起的大事呀。"

狮子压根不相信老鼠的话,放开老鼠,吼了一声:"立刻从我眼前滚远点!"

没过多久,那只狮子被猎人逮住了。猎人用绳索将它结结实实

捆绑在一棵大树上,又去追捕另一只狮子。

狮子吓得像筛糠一样发抖,暗自道:"这下子我可完蛋了!"正在此时,那只老鼠来到它面前,问道:

"狮子大哥,您咋啦?"

狮子心里真不是滋味,说:"还用问吗?你不是看得清清楚楚吗。"

老鼠朝四面张望了一下,说:"您别恐惧,我来救您。"

老鼠立刻用它锋利的牙齿,使劲地咬呀咬呀,瞬间就咬断了绳索,搭救了狮子。

狮子心里说有多高兴,就有多高兴。它睁圆两眼吃惊地望着老鼠,满怀歉意,充满感激地说:"谢谢您,老鼠兄弟!我错啦,我不该嘲笑你。现在我才明白了,小动物真的能干出大事。"

# 草原动物大战

古代,在一片森林里生活着各种动物,它们称兄道弟,和睦相处,日子过得安然太平。后来,草原突然出现一群野狼,将老弱病残的动物咬死吃掉了不少。动物们不得安生,整天忙着东躲西藏,过着提心吊胆的日子。

日复一日,年复一年,那群野狼越来越疯狂,动物没一个不为自己性命发愁的。有一天,马自告奋勇站出来召集来所有动物,道:"伙计们!这群狼凶残到了极点,它们叼走了我们的崽儿,吞噬掉我们的父母,好生凄惨呀!眼下野狼的气焰越来越嚣张,不把它们赶出森林,咱们就无宁日。假若你们赞同的话,我提议咱们联合起来,把它们撵出森林去!"

动物们早就悲愤满腔,一个个竖起耳朵,说:"对呀,对呀!聪明的马大伯,你说出了我们的心里话。咱们就照你说的办。"

这时,一只山羊连忙说道:"咱们没有武器,怎能跟狼作战呀?

狼有尖利的牙齿,如果我们碰在它们的牙齿上,十个有九个会丧命的。咱们还是听天由命,野狼来了就躲闪躲闪,万一躲闪不及,被狼吃掉几个,也不会断子绝孙的。"

听了山羊的这番话,动物们的思想开始动摇起来,连长脖子的骆驼也蔫萎萎地垂下头,没有吭气。这时,义愤填膺的马又开腔了:"朋友们,山羊说得不对!我们有的是武器。瞧瞧,我的蹄子多坚硬!山羊伙计,你头上的一对角也很坚硬嘛!驴子老弟,你的蹄子也很坚硬,叫声又满洪亮!骆驼朋友,你也用不着愁眉苦脸,在咱们一伙里唯有你个头高!其他兄弟们,也各有属于自己的武器,只要我们拿起武器猛攻狼打,就会把野狼消灭干净!"

听罢马的话,骆驼长长嘘了口气,道:"马呀,依我看,山羊的话在理。咱们与其跟敌人拼死活,把鲜血洒在森林里,不如妥协议和,和睦相处为好。只要我们每年向狼献出几只崽儿,就会平安无事的。还是派使者去,跟狼订个和约吧。"

别的动物也同意跟狼订和约。这时,有动物问道:"跟狼订和约,谁去做使者呢?"

谁也不吭声。这时山羊站了出来,说:"森林边缘上有座清真寺,清真寺的旁边有个叫狐狸的家伙,它脖子上挂串念珠,道貌岸然,能说会道,擅长辞令。长期以来,它既不跟狼来往,也不跟咱们亲近。咱们请狐狸去做使者,也许它最能主持公道。"

大多数动物同意了,就请来狐狸,如此这般叮咛一番,打发它去找狼议和。狐狸来到狼王住的洞口,毕恭毕敬地鞠了一躬,巴结讨好地说:"尊敬的狼王阁下!常言道:'使者不该杀。'我是前来为您尽忠效劳的。近日来,森林里的动物在一起聚会,准备向你们宣战哩。小的听了前去警告它们:'狼有两颗短剑般锋利的牙齿,你们谁也不是它们的对手。还是派使者去跟狼王订个和约,才是上策。'它们听了我的话,这才收回自己的恶念,邀请我作为使者来您的府上。"

狼王对狐狸的话半信半疑。说道:"那好,你回去告诉动物,它们必须接受我们如下条件:每月主动向我们献来三十峰骆驼,三十只绵羊,三十只山羊,三十匹马,三十只公鹿,三十只兔子。它们献来这些动物,我们才不进犯它们,保证它们得到安宁。"

俗话说,"魔鬼的阴谋在桃子。"狐狸往森林里走着,在三十只上又添了一只。来到动物面前,狐狸说:"和约订好了:你们每月选出各种动物三十一只,由我狐狸领去交给狼。"

动物们眉头挤成一疙瘩,不约而同地朝马望去。马怒火填胸地说:"同胞们,瞧瞧吧,野狼的胃口多大呀!我们同意了狼的条件,要不了多久岂不就断子绝孙了吗!好吧,现在你们说说,咱们到底该如何办?"

经过讨论,动物们一致同意联合起来,跟狼决一死战。不料兔子又跳出来说:"大哥哥们,狼的牙齿厉害得很,我个头矮,毛皮薄……不,不,我恐惧得很,我不参加。"

一只小羊羔也劝兔子,说:"兔子朋友,你跳得远,跑得快,狼从什么地方来侵犯,你可以侦察报信嘛。"

兔子狠狠瞪了一眼小羊羔，颇不高兴地说："嘿，让我先进狼口，我才不干哩！不，不，我有孩子，我不能去！"

弟兄们见兔子是个怕死鬼，没有勉强它。

到了秋天，野狼像恶蜂一样地向动物们猖狂进攻了。动物也不甘示弱，双方经过四十昼夜激战，将狼打得落花流水，一败涂地。野狼死的死，伤的伤，惨不忍睹。兔子暗暗躲藏在森林一角的草丛里旁观，当它看到动物们英勇顽强地向野狼进攻时，霎时觉得天昏地暗。

这时候，有只负了伤的狼乘空子朝森林里逃去。兔子看见狼来了，吓得瑟瑟缩缩，只觉得眼前发黑。狼走近兔子，龇牙咧嘴地说："哼，原来你也是我们的敌人！我要吃掉你，为我的伙伴们报仇。"

兔子大串大串地流眼泪，说："仁慈的狼父，我并没有参加作战呀！它们要向阁下宣战时，我就说过：'不，狼王力大无穷，你们招架不住，非失败不可。'请您别伤害我吧。狼父！"

狼怕兔子跑了，向前凑了凑，说："也好，我跟动物作战了四十天四十夜，负了伤。你过来，包扎包扎我的伤口。"

兔子颤颤抖抖地靠近狼，去给它包扎伤口时，狼一爪子逮住兔子，三口两口就吞入腹中。

草原大战，动物胜利了，野兽失败了。马打扫战场时，发现那只兔子被狼吃了，痛心地说："祖辈们说过：离开群体的会被狼吃掉。兔子啊，这就要怪你自己了……"

搜集：艾西丁·塔提里克

# 狐狸作证

骆驼队里有一头毛驴和一峰骆驼，又瘦又干，满身癣疥，走起路来仿佛骨骼散了架，老是掉在队伍后面。一回，翻越达坂时，累倒在半山坡上，骆驼客怎么也吆不起来，索性把它俩丢在那儿，走开了。

可怜的毛驴和骆驼，在地上卧了老半天，三番五次挣扎着要站起来，可腿子又酸又木，还是站不起来。到了后晌，山风送来阵阵清香，它们才觉得精神清爽了些，动动身子，舒舒筋骨，浑身像增添了一股力量似的，猛然从地上站起来；一看，伙伴无影无踪，深深地叹了口气，悲伤极了。它们采食一阵嫩草尖儿，顿觉四条腿也硬邦多了，就沿着盘盘曲曲的山路登上达坂。放眼望去，只见山顶上融化的雪水，顺着山涧哗啦啦奔流下去，汇成一条河流，蜿蜒环绕着青葱翠绿的草原，心中有说不尽的欢喜。它们缓缓走下达坂来到草原，找了个僻静安全的地方，定居下来。一个月后，毛驴和骆驼吃得

圆溜溜的,蹦蹦跳跳,浑身是劲。

一天,狐狸溜出穴洞觅寻食物,听到毛驴叫声后,径直往传来声音的方向走去,看见一头毛驴和一峰骆驼在草原上吃草,私下说道:"嗬,毛驴和骆驼浑身肉嘟嘟的,好肥哪!就怕我力量不够,难以下口。"说着,想把眼里所见的通报给狼。一想,觉得要是狼来了,狼吃肉,,自己啃骨头,还是不去为好。可是,眼下肚子饿得慌,又无别的食物充饥,心中说:"与其眼睁睁地没肉吃,啃啃光骨头也好嘛……"终于跑去报告给了狼。

狼听了喜不自胜,琢磨琢磨,有了主意,便跟在狐狸屁股后面,来到草原上。毛驴和骆驼老远一望,瞥见一只狼和一只狐狸朝它们走来,镇定地说:"不怕,不怕!如今咱们浑身是劲,就是死去,也要跟它们搏斗。"

狼一走过去,就吼叫道:"喂!长脖子,长耳朵!你俩经过谁的准许,来这儿吃草的呀?"

骆驼高昂头颅,断然说道:"这事与你有何相干?"

狼气急败坏地道:"哼,长脖颈的大笨蛋!这儿属于我管辖的地方,你还不晓得吧?"

骆驼理直气壮地责问道:"难道这绿茵茵的草原,是你狼的?谁能为你作证?"

狐狸撅了撅嘴巴,龇着牙说:"我能作证,这片草原向来是属狼阁下看管的领域,半点也不含糊。"说着扭过头,嘴巴贴在狼的耳朵门上,不知说了些什么。

狼听得会意,朝前走了几步,说:"嘿嘿嘿,弯脖子,别犟嘴啦!现在我就要检查检查,看看你吃了我多少草。"

骆驼眼珠一转,愤愤地问道:"你准备如何检查?"

狼装出一副认真的样子,神气活现地说:"你把舌头伸出来,让我闻一闻,就知道啦。"

原来,狼一瞧毛驴身强力壮,骆驼身材魁梧,不敢轻易下手,就按照狐狸的奸计,想把骆驼和毛驴的舌头先咬断,使它们无法吃草,待它们浑身无力时,然后咬死吃掉它们。骆驼向毛驴使了个眼色,从容不迫地对狼说道:"好吧,你就来闻闻吧。"说着,骆驼长长地伸出了自己的舌头。

狼刚刚走近骆驼身边,高高抬起头要闻时,骆驼突然"噗——"的一声,猛地啐出一口唾沫,喷在了狼的两只眼睛,狼顿时栽倒在地。狼正挣扎着要站起来时,毛驴竖长耳朵,翘起尾巴,奔过来朝狼的腹部狠狠连踢带蹋。狼连粗气也没吐一口,翻着白眼珠,一命呜呼了!狐狸见此情景,吓得夹着尾巴朝深山逃去。毛驴放开四蹄紧追不舍,高声叫道:"狐狸啊,狼是不是死了,你还没作证哩,别跑开呀……"

# 狐狸的分配

　　一天，森林里的老虎大王带着狼和狐狸出外去打猎。它们猎获到了一只兔子、一只野鸡、一只黄羊带回来。在讨论如何吃这些猎物时，老虎对狼说："你把这些东西给咱们分配一下吧。"

　　"好的。"狼思索思索说，"兔子是只小动物，叫狐狸吃；野鸡我来吃；大王身材魁梧，请您吃黄羊好了。"

　　老虎一听，暴怒起来，立刻恶狠狠地给狼一爪子——把狼的一只眼珠子挖了出来。狼只好克制住剧烈的疼痛，规规矩矩地蹲在一边，眼眶里泪水扑簌簌滚落在地上。

　　这时，老虎翻了翻白眼珠子，又对狐狸说："好哇，索性你来分配一下吧。"

　　"是，是。"狐狸琢磨了好一阵，才说："兔子，请大王做早点；野鸡，请大王做午餐；黄羊，请大王做晚饭。您每餐吃饱后，如果还有剩下的，我们就吃上些；要是没有了，我们就不吃。"

老虎对狐狸的分配十分满意,口气温和地问道:"喏!狐狸,如此公正合理的分配,你是打哪儿学来的呀?"

狐狸立刻探探身子,毫不迟疑地回答道:"禀告大王,我是从你挖出的狼的眼珠里学来的呀!"

# 好嫉妒的牛

有一个美丽广阔的草原,牲畜们经常来到这儿吃草。可是它们一个嫉妒一个,彼此从不接近,相隔很远。要是饿死了一个,另一个也不闻不问。

一天,牛正在自己占的一块草场吃草,一只老绵羊走过来,站在牛旁边吃起草来。

牛大加嫉妒,翻着白眼盯着绵羊,吼道:"哎! 你为何来这儿吃草? 这儿的草是我吃的,没你的份儿。从我眼前滚开!"

"尊敬的牛大哥,"绵羊心平气和地说,"你瞧,草原如此广阔,茂密的青草铺满地上,不要说咱两个,就是再来很多牛和羊也吃不完。牛大哥,还是我也吃,你也吃,咱俩交个朋友,和和睦睦地相处吧。要是来了敌人,咱俩好共同抵抗。"

绵羊的一番好话,牛是根本听不进去,它晃着脑袋,喝道:"别胡搅蛮缠啦! 你愿去什么地方就去什么地方,反正从我这儿走开!"

"你别这样,牛大哥!"绵羊央求道,"我的肚子没有你的大,吃些草尖儿就饱了。我留在这儿,对你没有害处的……"

不等绵羊把话说完,好嫉妒的牛就冲过去,把绵羊一头抵倒在地。正在这时,溜过来两只饿狼,牛见势不妙,望风而逃。绵羊身负重伤躺在地上,挣扎来挣扎去,怎么也

站不起来。它望着远远逃去的牛,气愤地斥责道:"好嫉妒的牛,你也太贪婪啦!要不是你把我抵得半死不活,我也机敏地逃开了,或咱俩一道跟饿狼搏斗一场……好哇,你等着瞧吧,像你这样卑鄙的家伙,终究不会有好下场的。"

绵羊刚说完,两只饿狼就恶狠狠地扑过去,将绵羊吞吃掉了。

牛没有回头地跑啊跑啊,从草原的这头直奔到那头。它见一匹马在那儿吃草,便慢慢走到马跟前,刚要伸脖子吃草,哪知马跟牛是一样的德性,冲着牛喊叫起来:"你是从哪儿窜出来的饿鬼?给我滚开!"

牛说:"马,我的伙计,宽容宽容我吧!草原广阔得一眼望不到边际,你吃你的草,我吃我的草,咱俩交个朋友吧!"

马昂头瞪眼,根本不同意,狠狠踢起牛来,并踢断了牛的腿。恰巧这时,刚才那两只饿狼又溜到这儿,马顿时吓得逃开了,可是牛却躺在地上,站又站不起来,跑又跑不脱,直喘粗气。

"嘿嘿,你还想逃之夭夭?没那么便宜。"两只饿狼说。

魂不附体的牛,一下子想起绵羊说过的话,泪水涟涟地说:"绵

羊兄弟,你的话说得很对呀!假若我不嫉妒你的话,既可保全你的

性命,我也不会落到这个下场。"

　　牛刚说完,两只饿狼便吃起牛来……

# 无情的驴子

一位商人骑着驴子去经商,由于一连行走了几天,驴子疲惫不堪,一步也不肯往前走了。无可奈何,商人索性把驴子丢在路旁,徒步朝目的地走去。

驴子软瘫瘫卧在地上,喘着粗气,到了半死不活的田地。其间走过来一匹好心的骆驼,说:"朋友,起来呀!我看你怪可怜的,也许你遭遇到了什么不幸。那边有片草场,还有一洼洼的清水,我带你去那儿吧。"

"骆驼大哥,我走不动哟。"驴子悲伤地说,"也许我的寿期满了!唉……"

骆驼对驴子深表同情。想了想,说:"我帮帮你,背着你走。"说着,两条前腿跪在地上。

驴子费了很大劲儿,勉强爬到骆驼的脊背上。骆驼背着驴子,艰难地行走了很长路程,带它到水草丰茂、空气新鲜的草场。没过

多久,驴子就吃得胖墩墩、圆滚滚的,浑身毛色闪光发亮。从此,它再也不乖乖爽爽地停在一处,满草场欢奔乱叫,好不得意。

"朋友,你别成天价叫啦。"骆驼劝气驴子。

"我叫叫,又咋啦?"驴子说。

骆驼解释道:"南来北往的骆驼客和商队,常打这儿经过,要是你叫个不休,他们听见声音会来这儿,把咱们牵走的。"

"朋友,吃饱青青草,心里乐陶陶。我的肚子天天吃得鼓鼓的,不唱唱歌儿解解闷,不行呀!"驴子说着,仰起头叫得更加厉害了。

正如骆驼说的,一天驴子扯起嗓子乱叫时,大路那边走过来一帮赶驴子的脚户,牵住骆驼和驴子,给它们身上搭上沉甸甸的货物,吆喝着赶走了。骆驼窝了一肚子火,走着走着,埋怨驴子道:"哼,蠢驴,都是你招来的祸害!要不是你这个丑八怪逞能,咱们就不会碰上这号倒霉事。"

"别发牢骚啦,"驴子说,"你再瞎嚷嚷,我叫脚户哥把我身上的货物搭在你的身上。"

"你说什么?"骆驼怒不可遏,"无情无义的东西,亏你说出这句话来。"

过了一阵,驴子果然打了个趔趄,卧倒在路上。脚户们推呀搡呀,怎么也吆不起来,就卸下驴子身上驮的货物搭在骆驼背上。这时,驴子忽然站起来跟着走开了。骆驼气愤地大骂起驴子来。

"别一个劲儿地骂啦,"驴子说,"你要是再用恶言恶语骂我,脚户哥会让你把我也驮上哩。"

骆驼立时怒火填胸,骂道:"无情无义的货,什么灾祸你都会招惹来的。"

没走多远,驴子又躺倒在地上。脚户们怎么也吆不起来,又不忍心丢下它,索性抬起来搭在骆驼背上,让骆驼驮着走了。这可把骆驼气疯了,骂道:"蠢驴,早知你如此无情,当初我就不该搭救你。"

"走你的路吧,长脖子的笨蛋!"驴子说,"我并没有请你对我行好,是你自个儿走来背我的。"

骆驼有苦难言,深深叹了口气,边走边愤愤地说:"无情无义的毛驴,比猛虎还可怕呀。"

# 贪婪的狗

一天,城里一条贪婪的狗找到一块骨头。它怕别的狗看见跑过来争夺,想溜到很远的地方独自吃。它嘴里叼着骨头跑着跑着,来到城郊外一条大河岸上,觉得在这儿吃还不安全,便准备到河对岸去吃,又走上了桥。

这条河无波无浪,清澈见底。狗在桥上走着走着,突然扭过脖子朝水里一望,见河里也有一条狗,长得跟自己一模一样,嘴里也叼着块骨头。它眼睛定定地望着,越想越生气,心想:"哼,这个丑东西叼的骨头比我寻到的还大哩!且慢,待我把它抢过来,两块骨头我一个啃吃,才过瘾哩。"它停住脚步把头伸向河面,汪汪狂吠起来。哪知它刚刚把嘴巴一张,骨头就掉落在河里。

贪婪的狗十分懊丧,自言自语道:"早知如此,我把自个儿嘴里的骨头先吃掉,再去叼那条狗嘴里的骨头多好呀!……"

# 花猫和灰猫

有两个人各养着一只猫，一个是花猫，一个是灰猫。花猫善良淳厚，勤勤恳恳地干着自己应干的活儿，深得主人的喜欢。可是灰猫却又懒又馋，除每日三餐填饱肚子外，再也不肯动弹，四肢蜷缩在软绵绵的被褥上，不是打呼噜念猫经，就是睡大觉。

有一天，花猫和灰猫在门口碰上了。灰猫神气地翘起稀疏的胡子，奚落花猫道："咦，你工吗变得瘦精精的？是不是你的主人不给你吃饱？"

"不，我并不为肚子担忧。"花猫说，"我的主人待我可好啦！夜里，我为了不要老鼠窜出来糟蹋仓库里的粮食，我是很少睡觉的。这也许是我渐渐变瘦了的原因吧。"

"老鼠偷吃粮食，你何必如此犯愁呢。"灰猫漫不经心地说。

"哟，你这算什么话？"花猫说，"我的主人养我，就是为了让我逮老鼠。我不逮老鼠，他养我干吗？光吃食不干活，那多害臊。"

113

"嘻嘻,你才是个大傻瓜!"灰猫蔑视花猫说,"过一天算一天嘛,原来你根本不懂得舒舒坦坦过日子呀!……"

日子一天天地过去了,灰猫主人的屋里老鼠越来越猖狂,甚至溜进壁龛里胡闹,可灰猫却假装没看见似的,眯缝起眼睛不理睬。主人见老鼠在屋里闹得一塌糊涂,愤然喝令灰猫道:"好吃懒做的东西,从我家里滚出去!"

就这样,主人把灰猫从屋里撵出去了。灰猫走投无路,在野外晃荡了好多日子。最后,灰猫实在饿得受不住了,爬上墙头,窜进一户人家院落,钻进鸽子窝里正要偷吃鸽子时,被主人一把逮住:"混蛋!你不干正经干活,咋跑来偷吃我家鸽子?"

骂着,主人生气地用小斧子砍断了灰猫的两条前腿,轰出门外。灰猫连冻带饿,死去了。

花猫呢,由于它厚道勤劳,尽职尽责,日子过得挺舒心。

# 刺猬和兔子赛跑

春天来了,万物苏醒,满山遍野奇花簇簇,异草铺地,百鸟展翅飞来飞去,尽情鸣啭。

有一天,一只刺猬在野外悠哉悠哉地走着,一只兔子老远看见了,蹦蹦跳跳跑过去。刺猬向兔子鞠了一躬,问了声好。兔子翕动着腮帮,爱理不理地问:"咦,刺猬,你去哪儿?"

刺猬说:"兔子阁下,今儿风和日丽,我出来转悠转悠,欣赏欣赏大自然的风景。"

兔子嘿嘿笑笑,羞辱说:"你的脚是歪的,腿是斜的,脊背像山丘,说多邋遢有多邋遢,还有兴致出来!"

刺猬很生气,可还是眉开眼笑,说:"阁下,尽管我的腿脚是歪斜的,不端不正,可跑起来会超过你的。"

兔子一听,火冒三丈,几乎是吼着说道:"好吧,来!咱俩比赛比赛,跑跑看看。"

维吾尔族民间故事精选

刺猬说:"成呀!不过,我还没吃早点,我去随便吃些早点,填填肚皮回来,你哪里也别去,在这儿等我。"

兔子同意了。刺猬回去对一位伙伴说:"快快快,准备准备,咱俩去跟兔子赛跑。"

伙伴听了,大吃一惊,跺脚说:"嗨,你真糊涂到家了!跟兔子赛跑,咱们怎能是它的对手呢?"

"伙计,我有主意。"那只刺猬把嘴对在伙伴的耳边,如此这般地说了一通。

"噢,嗯,我明白了。"伙伴点点头。

赛跑开始了。兔子脚不落地跑起来,跑到终点,又折回身飞也似的跑回到起点。一看,刺猬在那儿好不得意地站着,惊诧地问:"你啥时跑来的?"

"我早就跑回来啦!"刺猬拍拍胸脯说。

兔子面红耳赤,它压根没想到自己会输给刺猬,心里很是不服气,逞强说:"来,有本事咱们再比赛一场!"

就这样,刺猬和兔子连连比赛了好几回,每回赢家是刺猬,兔子都输了。最后一场比赛的时候,兔子憋足了劲头儿,跑着跑着,累倒在地上,蹬哒蹬哒腿,断了气。

两只刺猬蹒跚走过去,拿脚拨拨兔子的尸体,戏谑地说:"喔,真的死了!哼,不知天高地厚。你本来就没我们跑得快嘛,还逞啥能呢!……"说完,两个结伴朝花红草绿的原野走去。

# 对你们都很喜欢

马、母牛和狗,三个辩论起这样一个问题来:人最喜欢咱们哪一个?

"当然是我喽!"马说,"我能拉犁,能耱地,能从灌木丛里驮回柴火,人能骑我到城里去办事。无论于哪样事,人都离不开我。"

"不,最喜欢我!"母牛说,"我每天都供给人奶子喝。"

"不,不!"狗开腔说,"我日夜把守在主人家门口,替主人看守财产和牲畜,人最喜欢的是我。"

正在争论不休的时候,听见有人走过来,说道:"得啦,得啦,你们用不着争高低。你们对人都有自己不同的作用和贡献,我们对你们都很喜欢。"

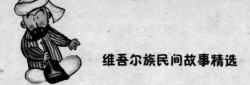

# 山羊吃牛的精料

耕牛整天拉着犁铧犁地，主人见它格外辛苦，拿粉碎的玉米、大麦拌在麦草里喂养。

牛圈里还圈着一只山羊，主人给它的槽里添的都是麦草。有一天，山羊吃了一口牛的精料，对牛说："牛哥，我越来越瘦啦，我的肠胃不好，请你看在朋友的情面上，你吃我的饲料，我吃你的饲料。你意下如何？"

"成，成。"耕牛说。

山羊见耕牛答应了，沾沾自喜，心中说道："我骗了耕牛，它还不知道哩。"

打这以后，主人给耕牛的精料，都被山羊吃掉了。一天，山羊对院里的母鸡、鸭子和兔子说：

"耕牛的身材虽高，但它头脑里没有智慧，是大笨蛋。我小使伎俩，它的精料就都叫我吃了，它还蒙在鼓里呢。"

从此，母鸡、鸭子和兔子也认为耕牛是个傻瓜蛋。特别是母鸡，干脆把耕牛说成是白痴，经常咯咯咯叫着哄笑取乐，欺负耕牛。

山羊骗着吃了一个月耕牛的精料，浑身圆滚滚的，喉咙里再也咽不下去粗糙的麦草了。这天，主人家来了几位客人，主人喊屋里的妻子说："喂，娃他娘，你拿屠刀出来，咱们趁山羊有膘的时候，宰了款待款待客人。要不，会瘦成一把骨头的。"

主人在屠宰山羊时，母鸡飞在屋顶上，啼叫开了：


咯咯咯，嗒嗒咯，
山羊吃的精料多！
嗒嗒嗒，咯嗒嗒，
山羊肚里板油多！

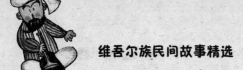

# 象为什么不拴

象是陆地上生活的最大动物,老鼠是一种小动物,两者根本不能相提并论。可是,象害怕老鼠害怕得要命。

相传,象原本是一种身材臃肿庞大的动物,鼻子又粗又长,走路磨磨蹭蹭,动作迟迟缓缓,说起象来人们每每用蔑视的语言讲它。老鼠由于体积小,动作敏捷,常常钻进象鼻子里搅腾,折磨得象好生痛苦,象又没有法子制伏老鼠,只好时时刻刻提防着老鼠。这个养象的人心里十分清楚,他们并不愁没绳子拴象,而是怕把象拴起来,老鼠会肆无忌惮地去骚扰侵犯象。因此,无论外出长途跋涉,或是日常劳动,养象人出门时不带拴象的绳子,只是随身带个木橛子,活动告一段落象需要休息时,就把橛子钉在地打个眼儿,然后拔出来,牵过象来让它卧在眼儿旁边歇息。老鼠溜来欺负象时,就会以为眼儿是鼠洞钻进去,可洞不深,老鼠在洞里很不自在,只好又蹿出来,在洞沿上爬来爬去。直到主人来牵象,老鼠才吓得四散逃窜。

# 疯　狗

害有疯癫病的狗，叫疯狗。疯狗身上带有恶性传染病毒，要是人或动物被它咬之后，就会传染上疯癫病，变得疯疯癫癫，精神错乱。从古至今，民间就有这样的说法："打过疯狗的棍棒，上面也有病毒。若拿这根棍棒打人或动物，挨过打的也会变得精神失常。"

相传古时候，一年里头要从天上定期掉下来一些动物肺子，有的掉落在戈壁荒原，有的掉落在湖泊河流，有的掉落在田野村庄，有的掉在戈壁荒原的，粉碎成好多小块，变成一种节肢动物——蜱，寄生在野兽身上，吸食野兽的鲜血。掉在湖泊河流的，变成一种奇形怪状的动物，捕食鱼儿和其他生物。掉在田野村庄的，狗碰见吃上之后，好端端的狗立即就成了疯狗，猖狂狂吠，四处乱跑，见人咬人，见牛羊咬牛羊。一旦庄子上发现有了疯狗，不管是谁家的，全庄的男人们都蜂拥而出，手提棍棒去追着打死疯狗，然后把棍棒和疯狗的尸体堆在一起，焚烧成灰烬。

维吾尔族民间故事精选

# 老鼠哄猫

一只老猫捉住了一只机灵的老鼠，正张开嘴巴要吃，可怜的老鼠哇哇直哭，告饶道："啊，猫王！无论何时，我都是您嘴里的食物，您想啥时吃就啥时吃，反正我是现成的。不过，您光吃了我一个，恐怕还吃不饱肚子哩。我有好多好多伙伴，我是它们的头头儿，我去哄弄哄弄它们，带它们来您面前，协助您捕捉住它们，您将我们一个一个都吃了，才能吃饱肚子呀。"说完，吧嗒吧嗒掉下眼泪来。

猫见老鼠热泪盈眶，认为它说的一定是真心话，就放开了老鼠。老鼠连连向猫打躬作揖，口口声声一再保证，说它绝不食言，一定快去快回。

老鼠走开之后，猫隐蔽在一个坑坑儿里，一边躺下睡觉，一边等候，可等到日头落山，还不见老鼠露脸儿。猫越等肚子越饥，等着等着，浑身疲惫，竟然睡着了。

过了好一阵，天黑洞洞的，那只老鼠果然率领自己的伙伴来

122

了。它见猫在坑坑儿里睡得很死很死,在坑坑儿沿上溜达几圈,眼珠一转,没有惊动猫,悄悄对它的伙伴说:"伙计们,坑坑儿里有只死猫,好大好大,足够咱们兄弟美餐一顿。"

老鼠们一听,心里乐开了花,一个比一个跑得快,争先恐后跳进坑坑儿里,趴在猫身上乱哄哄咬着撕着扯着。猫疼痛得惊醒了,一看,竟有一百多只老鼠猖狂向自己进攻,愤怒地"喵儿"叫了一声,呼地站起身来。老鼠们吓得全跑开了,猫只逮住一只浑身褪光毛的精瘦老鼠,吃了个半饱。自打这以后,猫深受教训,给自己的后代留下遗言:"你们逮住老鼠,不管它如何求饶,绝不能放开它。"

死里逃生的老鼠,在洞儿里骨酥筋软,仿佛仍然看见猫眼睛里闪耀着火光盯着自己。它们对后辈也留下遗嘱:"猫是老鼠的天敌,死猫也会吃老鼠的。万万不可指望猫对老鼠发慈悲。"

讲述:穆汉买提·哈斯木

# 朱雀之死

　　猫和朱雀相遇。猫笑眯眯望着朱雀,说道:"高贵的朋友,你时常穿一件花花绿绿的衣裳,真漂亮呀! 人们都说你唱的歌儿别有风味,我特意远道而来,请你唱支歌儿,让我欣赏欣赏。"

　　朱雀从来没见过猫,摸不着它的脾气,没有靠近猫,也没有唱歌。后晌,它们分别时,猫热情地对朱雀说:"伙计,你真乖! 以后咱们可以经常见面喽。"

　　第二天,它俩又碰在一起,猫笑着说:"朋友,咱俩又见面了,这就是缘分呀! 人们都夸你跳起舞来,扭脖扭颈,舞姿婆娑,优美极了。请你别腼腆害羞,我也擅长跳舞,咱俩跳对舞吧。"

　　朱雀觉得猫的话讲得很实在,大大方方走过去站在猫面前,向猫鞠了一躬,请它对舞。猫见时机到了,"哧溜"伸出爪子,一把逮住朱雀,咬死吃了……

# 懒　狗

一年冬天,连连降大雪,地上的雪有好几尺厚,天气异常严寒,树上的乌鸦全被冻死,掉在地上。一条贪吃懒惰的狗,冻得蜷缩成一疙瘩,卧在主人家门槛跟前,把头藏在腋窝里,十分凄惨。白天如此,夜间就更难熬了。寒风呼呼,刺骨穿心,冻得嗦嗦发抖。狗上牙磕着下牙赌咒发誓说:"我我我,明年春天,我不给自己盖所暖暖和和的房屋,我就不是狗!"

日子一天天过去了,严冬已尽,春天来临,那只狗身上也暖和了。天一暖和,狗在这里转悠,那里溜达,把冬天受寒挨冻时发下的誓言,早就忘记了。

据说,当年冬季下了一场大雪,把那条懒狗给冻死在大雪里了。

# 猫怎么在人家里落户

　　古时候,猫的体形不像今天的猫这样小,是身材相当高大的一种野兽,猫崽跟老虎、狮子、狐狸等野兽的崽子常在一起玩耍,它们的秉性一个比一个坏。尤其是猫崽格外顽皮,动不动就欺负自己的妈妈哩。老猫苦口婆心相劝,崽儿们非但不听,还恶言恶语地顶撞父母。两只老猫见崽儿们不可救药,忍无可忍,离家出走朝远方走去。

　　这一走,就走了好多天,走了好长的路。猫走得疲惫不堪,瘦骨嶙峋,一天来到一个村庄上,人们见猫怪可怜的,没伤害猫,也没有驱赶猫走开。猫眯眼一看,人们待它们挺和善,就胆子大了,不停地摇摆尾巴,大献殷勤,撒娇撒欢。有人觉得猫蛮好玩的,带猫到自己家中。原来,这家人屋里老鼠成灾,见啥咬啥,折腾得全家人不得安宁。猫好几天没吃到食物,肚子饿得咕咕直叫,当即向老鼠冲去——两只猫各捕捉住五六只老鼠吃了。主人见猫给他帮了大忙,索性把猫留在自家屋里,好好地饲养起来。

打这以后,猫在人家屋里下的崽儿,体形小巧玲珑,生性温顺,专为主人捕捉老鼠,长久落户在人家里,深得主人的喜爱。

搜集:买买提江-艾沙

# 蛇为啥不伤害喜鹊

从前人打死蛇后,将它斩成七截子,分别抛撒在七个地方。要不,会被喜鹊捡回来,找来灵芝草对接在一起,蛇便又复活了,爬去咬打死它的人。如果斩成七截儿抛弃在七处,喜鹊就不一定都能找来,就是找来了,也很难按原位对接起来。要是少一截儿,或者对接错了,即便敷上灵芝草汁,蛇也不会再复活的。

相传,至今蛇只要捞到机会,对所有飞禽的雏鸟都会伤害的,唯独不伤害喜鹊的雏儿,就是为了给喜鹊报恩。

搜集:吐尔宋·吾守尔

128

# 苍蝇的来由(二则)

## 一

古时候有个妖怪。有一天,国王听说妖怪要来他们城市害人,立即召集起全城男女老幼,下了一道命令:"有个妖怪要闯进咱们城市,为了消灭妖怪,保卫城市,你们排成三道防线:第一线的人,带上弓箭;第二线的人,带上矛;第三线的人,带上大刀。"

过了一会儿,妖怪果然来到他们的城市。市民们跟妖怪展开了激烈的搏斗,最后杀死了妖怪,欢欢喜喜地回到了各自家中。这时,国王对他的武士说:"你们将妖怪的尸体砍成三截,焚烧成灰烬,撒在戈壁荒野。"

武士们照国王说的办了,市民们才放了心。可是没过多久,城市里飞来了一种虫儿,非常肮脏,人们看见就恶心。它们经常落在人们吃的食物上,并且"嗡嗡嗡"到处乱飞,口中还说:"我要尽自己

的所能为自己报仇!"这时,人们才知道它们原来是那个妖怪的灰变的,给这些虫儿起了个名儿,管它们叫"苍蝇"。打这时起,这个城市里家家户户都造了个拍儿,一看见苍蝇就追赶着往死里打,并且形成了习惯。

搜集:艾海提·阿西木

## 二

从前,有个传播瘟疫的生物,它的足迹所到之处,给村庄的人们带来种种疾病,造成许多人家破人亡。人们痛苦万分,不堪忍受,去苏来曼(维吾尔人民远古时代的一位圣人)圣人前告了一状。苏来曼圣人很气愤,立刻捉住那个生物砍成碎块,装进一只坛子里,将坛口严严实实地盖住。

过去了很多年,一天一只猴子将坛子滚来滚去地玩耍,坛子碰在石头上粉碎了,里面密密麻麻飞出无数小虫儿,朝四下飞去。只要它们落在食物上,便将细菌散布在上面,人们就传染上各种疾病。从那时起,人们便管这种虫儿叫"苍蝇"。

# 蛤蚧①

古时候天山脚下有位国王，管辖着广袤的领土，国内群山起伏，河流纵横，草原上布满牛羊。国王主持正义，奉公廉洁，遇事跟学者贤士商量，国家强盛，百姓富裕。

有一年，国王为了加强国防力量，决定扩充兵员。消息传来后，百姓们争先恐后地选送自己优秀的儿子入伍，国王很快就募集到成千上万的士兵。

新招募来的士兵中，有个名叫克日木的青年。此人比魔鬼还奸诈，满肚子诡计，本是个靠招摇撞骗混日子的东西。

这个国家的邻国，国王横行霸道，穷兵黩武，一天他亲率大军亲来进犯，妄图一举消灭这个国家，占领他的领土。这个国家的国王听到消息，毫不惊恐慌乱，日夜操兵练马，决心誓死保卫自己的

---

①哈蚧＝克兰；会来的。

维吾尔族民间故事精选

国家。

当他得知敌军已踏上自己国家的领土时，便率领精兵浩浩荡荡地出发，准备迎战。克日木也行走在队伍中间，走着走着，心中暗想："咱们的国王太冒失啦，哪能打败邻国国王。我与其白白送死，倒不如溜之大吉，保存下一条性命。"当士兵们来到一个宿营地时，克日木恳求国王说："顶天立地的国王啊！我有位同宗族的哥哥家住在这附近，我们多年没见面啦，我想趁这个机会去看望看望他。请求圣上恩准。"

国王略微想了想，手一扬说道："快去快去！"

克日木神色慌张，急溜溜地走开了。

第二天，国王等了好一阵，见克日木没有回来，就率领士兵继续往前走去。行走了一城，国王命令士兵："停下来，等克日木赶回来，一同前进。"

他们等啊等啊，等候了半晌，还不见克日木露脸。国王派士兵去寻找，士兵回来禀报："王啊，克日木说他马上就来。"

于是，他们又等了半晌，依然不见克日木的影子。国王断定他贪生怕死不会再来，便沐浴净身，铺上拜毡，做了两拜礼拜，高高举起双手，向上苍恳求道："万能的主啊，请您给口是心非的背叛者——克日木，以最严厉的惩罚。他为保全自己的狗命，用谎言欺骗了我们，至今不回到队伍中来。为了让您的奴仆们以这个有罪的叛逆者为鉴戒，求您让克日木变成'克兰'（克兰：蛤蚧。意为"会来的"。"克日木"和克兰，维吾尔语中发音相近）！"

上苍接受了国王的请求,躲藏在悬崖岩缝里的克日木,立刻颤颤抖抖起来,身上褪了一层皮,变成了一只青面獠牙、黑不溜秋、浑身长刺、尾巴耷拉、异常恐怖的昆虫——蛤蚧。

蛤蚧常常出没在戈壁荒野、河槽沟壑的窟窿里,它每每见到人时,总要瞪着两只眼睛痴痴呆呆地张望,仿佛在说:"我何时才能恢复自己本来的面貌呀!……"

搜集:托合提·吾布力哈斯木

# 蚊子攻夺城池

　　春尽夏至。有一天,成群结队的蚊子从野外的上空飞过来,它们"嗡、嗡、嗡"的叫声,吓得正在戏耍的两只小兔子,哧溜钻进莨莨草丛里躲藏起来。过了一阵,小兔子竖直耳朵张望时,蚊子还在飞着。两只小兔子心里咯噔,说道:"这一群蚊子好多啊! 不知它们从何而来,飞往哪去?它们的叫声多恐怖,会不会哪儿发生了灾祸?还是去问问蚊子,莫要给咱们也带来不幸。"说着一同去问蚊子:"喂,蚊子呀! 你们这样飞着,去哪儿呀?"

　　"兔子,你们问这个干什么?难道要我们跟你们一样,一年四季也在这荒郊野外的草丛里,凄凄凉凉生活吗?不,我们才不干哩。我们要去攻打一座城市,在'啪啪城'里生活呐。"蚊子夸耀着,飞过去了。

　　原来蚊子管有人们居住的地方叫"啪啪城",因为当它们落在人们的脸上、耳上、手上和其他袒露出来的部位上吸血时,人们便

"啪"地一巴掌打死它们,扔在地上。

蚊子快飞到一座庄子上时,先在一片草丛和苇塘里扎下营寨,吸食草汁和苇汁。要是碰到乱风,它们便把身子紧紧贴在草茎和苇秆上,开腔夸耀说:"嗬,不是我们把你们抱住,早被狂风连根拔起,卷上七重天外啦。"风徐徐停止时,它们对着草和苇子,又自吹自擂道:"假若没有我们,你们早就没命啦!"

一天,太阳快落山时,蚊子叽叽咕咕说:"咳,咱们在这儿吸食了几天野草汁,嘴里苦涩涩的。还是去'啪啪城'吸食人们殷红的鲜血,过过瘾吧。"说着,跟着一群牛羊来到庄子上。

从此,蚊子专找人血吸,每天都被人们"啪啪"地打死一批。到了秋天,它们就被消灭了多半。蚊子渐渐地觉察到自己的伙伴越来越少,便又飞回自己原来的老巢。

一天,蚊子"嗡嗡嗡"地飞着,半路上又碰见那两只兔子。这时,小兔子已经长成了大兔,见蚊子稀稀拉拉的,问道:

"喂,蚊子! 你们去攻打'啪啪城'时,队伍很多很多,如今咋寥寥无几呀? '啪啪城'攻打下来了没有? 你们别的伙伴呢?"

这时,蚊子还不知害臊地夸海口说:

"'啪啪城'已经攻打下来啦,我们留下了一半伙伴在城里维持秩序哩。我们这一批由于在攻城中出生入死,作战英勇,立下了赫赫功劳,现在飞回故居去享清福哩。"说着,飞过去了。

两只兔子虽然没有说什么,但它们却清楚地知道这句俗语:蚊子攻夺城池——自不量力。

# 有谋划的青蛙

一只老鹰在天空盘旋了半晌,没有捕捉到任何食物。最后,它望见一只青蛙在一片沼泽地里跳来跳去,当即俯冲下来用爪儿逮住青蛙带上天空,朝大山飞去。

被老鹰逮住的青蛙,眼看就要成老鹰的食物,再也见不到亲朋好友了,非常惆怅。

"如今咋办呀?!"对生活充满憧憬的青蛙,思谋起死里逃生的办法。过了一阵,青蛙终于有了主意,恳求老鹰说:

"老鹰大哥,我非常感谢您。我一生在臭气熏天的沼泽地生活,整天将自个儿的脸弄得很腌□,谁也瞧不起我。如今靠您的关照,我也飞起来了,看见了万里无云的蓝天,望见了大地上的山川河流。今儿我能做您这样高贵者的食物,感到十分自豪。"

听青蛙这样夸奖它,老鹰晕头转向。

"可是,"青蛙继续说,"我觉得很羞愧,因为我又脏又臭,阁下就这样吃我,一定会感到恶心,咽不下去。因此,在您面前我非常惭愧。"

"你能不能想个办法?"老鹰问青蛙。

"能呀,"青蛙说,"您瞧,那前面不是有条隐隐约约望得见的大河嘛。您将我放在那条河岸上,我在河里好好洗洗,将身上的所有臭气清除掉,那时您吃我,一定别有滋味。"

老鹰答应了青蛙的要求,飞落在大河岸上,放开青蛙,蹲在一旁专等青蛙洗干净身子后吃掉它。

青蛙趁机一下子跳进河水中,说道:

"老鹰大哥,再见!……"说完了,青蛙潜入水底,畅畅快快地游起来。

# 蚂蚁咬蛇

一条蛇在路上爬行,碰上一群正忙着储藏冬粮的蚂蚁。蛇盛气凌人地说:

"喂,小家伙们!你们的老爷走过来了,难道你们没有看见?为什么不让路!"

"看见啦。道路很宽,我们想你会绕着走过去的。"蚂蚁说。

蛇非常生气,大发雷霆:

"要我绕道过去?难道我怕你们!你们知道不知道,人和所有动物都敬畏我,是我手下的败将!你们如果还想活命,就快快闪开道!"

蚂蚁见蛇不讲理,把它的话根本没当回事,照旧干自己的事情。蛇见蚂蚁没搭讪它,恼羞成怒,当下就咬死了一只蚂蚁。蚂蚁见此情景,气愤难平,一心要为死去的伙伴报仇。它们密密麻麻爬到蛇的身上咬起来。蛇疼痛难忍,在地上又是打滚,又是摔尾,但是无济于事。没过一会儿,蚂蚁便把蛇的眼珠子剜出来,又开始钻进它的脑壳里。蛇拼命喊道:"饶命啊!饶命啊!……"惨叫着葬送了性命。

# 上了老鼠当的青蛙

一个池塘里有只青蛙,池塘旁边破墙洞里,住着一只老鼠。

有一天,青蛙从池塘里爬出来捉吃蚊子和苍蝇,老鼠从洞里看见了,窜出来问道:

"你好呀,青蛙江(对青蛙的昵称)! 你在这儿干吗?"

"唉,老鼠巴依(对老鼠的尊称)! 我还能干啥事哟,就干我父亲的职业——捉蚊子和苍蝇呗。"青蛙说。

"嗬嗬嗬,你着实是个糊涂虫呐!"老鼠嘲笑说,"那还称得上职业! 真是木碗里饮骆驼——无济于事。你尽找些微不足道的东西吃,何苦呢?你放眼瞧瞧,面前这一片田园里的小麦,统统属于我的哩。"

"小麦是农民们的呀!"青蛙诧异地说,"怎么能说是你的哩?"

"哎哟,大傻瓜!"老鼠说,"农夫们很忙,才没工夫成天呆在地头守小麦哩。每年到了夏天,我都要拉运很多小麦贮存在洞里,寒

139

冬腊月便睡在窝儿里闲吃。"

"老鼠巴依，我才不跟你学哩。偷吃农夫们的劳动果实，这多不光彩。"青蛙说。

老鼠扬声哈哈大笑道：

"青蛙呀青蛙，你真糊涂到家了！你没离开过这个池塘，你才一窍不通哩，假若你愿意，我带你去见见世面吧。"

青蛙心中想："老鼠毕竟见识广，还是跟着它领教领教吧。"于是，跟老鼠结成了朋友，并鞠躬拜老鼠为师。从此，老鼠给青蛙出点子，老鼠走在哪儿，青蛙寸步不离地跟在哪儿，村子所有人家的粮仓里都留下它们的脚印。

它们居住在两处，有时也有彼此见不到面的时候。一天，老鼠说：

"青蛙，我俩情长谊深，我一会儿见不着你就感到孤寂。我特意捻了一轱辘线绳，一头拴在你的脚上，一头拴在我的脚上，假如彼此需要见面，拉一拉绳子就可以啦！"

青蛙嗯嗯呵呵地表示同意。于是老鼠把线绳的一头绑在青蛙的脚上，把一头绑在自己的脚上。老鼠心里想："要是农夫查到我的洞门上来，发现我偷了他们的粮食，我就立刻把脚上的线绳解开，悄悄躲藏在窝里，他们就会沿着线绳去把青蛙逮住。"

一天，老鼠独自溜出洞，跳跳窜窜地跑到麦地里。老鼠见农夫们正在汗流浃背地挥镰收割，眯缝起眼说道："喔，多好的小麦呀！若不赶紧拉些藏在我的洞里，农夫就会运走。"说着，跑到农夫捆好的麦捆子上，拣最大的麦穗咬起来。

恰在这时，落在一个豁豁墙头上的一只乌鸦，像箭一样飞过来，逮住老鼠向高空飞去。飞啊飞啊，越飞越高，这时系在老鼠脚上的线绳把青蛙从池塘里拖出来，飘飘忽忽带上天空。青蛙吓破了胆，望着地上的农夫们，张大嘴巴呱呱呱哀叫道：

"农夫叔伯们，我上了老鼠的当！救救我啊！……"

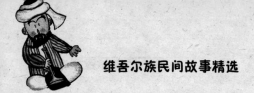

# 蛛蛛为何要织网

我们现在知道的蜘蛛,种类很多,有大有小,主要靠编蜘蛛网,捕食苍蝇、蚊子、蠓虫儿生活。

相传很早以前,蛛蛛生活在荒凉的原野上。那时候的蜘蛛特别特别大,它不是把网织在野草的空间,也不是织在树木的丫杈之间,而是织在两棵大树的中间。网织成之后,就躲藏在隐蔽处,等待猎物走来。若是野马或野骆驼走进它设下的圈子内,蜘蛛就悄无声息地转到它们的背后,抱住一棵大树狠劲摇动。安安静静吃草的野马或野骆驼,一听这突如其来的"哗啦啦、哗啦啦"的响声,顿时惊得放开四蹄朝前飞跑而去———下子就落入蜘蛛网里。这时候,胸有成竹的蜘蛛才不急不忙走过去,美滋滋地吃起自己的猎获物来。

搜集:吐尔宋·吾守尔

142

# 青蛙惩处蝎子

青蛙和蝎子结拜成要好的朋友，一天它们在路上说着走着，来到一条宽阔的大河边上。

"朋友，我过不去呀。"蝎子说。

"你跟着我走，用不着犯愁。"青蛙说，"我背你过去。"

于是，蝎子很麻利地爬在青蛙的背上，青蛙四条腿一蹬跃进河里，忽悠忽悠地开始渡河。渡到河正中时，蝎子突然在青蛙身上狠狠螫了一下。青蛙疼得哎哟哎哟直叫，生气地问：

"朋友，你在干吗？"

"啥也没干。不过我有个习惯，无论身子接触到什么东西上，不用毒箭螫一下，总觉得心里痒酥酥的。"蝎子回答。

青蛙愤愤地在心中嘀咕道："呸，不够朋友的东西！"青蛙往前游了游，渐渐地潜到水里游起来。

蝎子吓得魂飞魄散地喊叫起来：

"啊唷呀,你在干什么！是不是存心要把我整死在水中？"

"别大喊大叫！朋友,我见了水就欣喜若狂,不潜入水底游一游,总觉得过不了瘾似的。"青蛙说着,索性潜入水底去了。霎时间,蝎子就被淹死了。

# 蜻蜓向蚂蚁借粮

晚秋的一天,阳光格外明媚,一群蚂蚁忙着将夏季寻来的口粮从窝里搬出来,摊在金灿灿的阳光下晒。碰巧,一只蜻蜓看见了,问道:

"朋友们,你们收藏的口粮可真多哟,少给我一点,怎么样?"

蚂蚁说:"哎,夏天你自个儿为何不准备过冬的口粮呢?"

蜻蜓说:"哎,我哪有工夫哟!夏季里我整天在五彩缤纷的花丛中飞来飞去,可忙碌啦。"

蚂蚁一听,笑了笑,说:

"很忙?不见得吧!你既然闲游闲转地渡过了夏天,想必你也有能耐渡过冬天的。很抱歉,我们寻来的口粮仅够自己吃呀。"

蜻蜓十分尴尬,没话可说,轻飘飘地飞走了。至于这年冬天它是怎么度过的,就不晓得了。

# 蛀 虫

古时候有个老财,牛羊成群,家财万贯,可却是个十足的吝啬鬼一毛不拔。

有位贤士深知这个老财的秉性,一天语重心长地对老财说:

"阁下,你从千只羊里头牵出一只羊,施舍给村上的孤儿寡女们,表表你的心意多好。不然,你的羊群将遭到猛兽的侵害,会逐年减少的。"老财对贤士的话充耳不闻。

一月月,一年年过去了,老财的羊天天遭到饿狼的侵害,羊群不仅没有增加,反而逐年减少。说也奇怪,随着羊只的减少,老财比以往更加吝啬了。

一天,牧工们在草场上把剪下的羊毛堆积了好大一堆,老财谋算着带到市场去卖时,老远望见那位贤士朝他走来。老财对自己家人说:

"那个摇唇鼓舌的人又来了。他要问我,你们就说不我在。"

说完,老财钻进摞得像山一样高的羊毛堆里躲藏起来。

贤士走过来不见老财的影子,就知道他藏在羊毛堆里头。于是,贤士向上苍祈祷道:"上苍啊,你的这位奴仆吝啬得要命,你给他成千上万的牛羊,他连千分之一也不肯向鳏寡孤独的人们施舍。我恳求你让他吃羊毛过日子吧!"

就这样,那个老财就变成了一只蛀虫,钻在羊毛堆里再也没有出来。据传说,现在羊毛里经常繁殖生息的蛀虫,就是那个吝啬老财的子孙后代。

搜集:牙库甫江·玉满尔

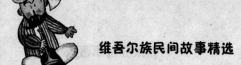

# 一只老青蛙

一个湖里生存着很多青蛙,它们在湖里繁衍后代,欢歌起舞,日子过得十分惬意。一年夏秋交替的一天,几只青蛙呱呱叫着嚷嚷起来:

"朋友们,这个湖里非常肮脏,臭气熏天,咱们还是搬到一个又干净、又清澈的湖里去吧。"

有些青蛙仿佛现在才发现这个湖里很臭似的,说:"搬,搬,马上搬走!"也有的很坚定地说:"不能搬!这儿是咱们的故乡,祖祖辈辈在这个湖里生活,咱们不能抛弃自己的故乡呀。"于是主张搬的和不主张搬的之间,发生了一场激烈的争论,青蛙分成了两派。这个湖里有一只老青蛙,它见青蛙们脖粗瞪眼地争吵不休,啥也没说。青蛙们意见不一,一齐来到老青蛙面前,请它裁决。

老青蛙望望主张搬家的青蛙们,问:

"你们主张搬到水儿蓝幽幽的新湖去,是吗?"

"是的。"

"现在这个湖里很臭很脏,不能住了,是吗?"

"是啊是啊。"

"你们要搬去的新湖,会比这个湖好吗?"

"当然比这湖好喽。"

"搬到新湖之后,你们还吃食不吃?"

"哎哟呀,不吃食怎么能生存呢?爷爷,你老了,糊涂了,是不是?"主张搬家的青蛙七嘴八舌地说。

老青蛙解释道:"不,我并没有糊涂。照你们说,不吃食是不能生存的。那么搬到新湖后,住上一段时间,你们把它搞脏搞臭了,那时准定又会嚷嚷:'搬家、搬家!'依我看问题不在这湖里,而在我们自身。如果咱们自己又脏又懒,纵然搬到清幽幽的湖里,也会把那湖弄脏搞臭的。我们父辈当初在这儿安家时,湖里原是清清碧波,清澈见底,一片清香。后来,由于咱们偷懒,只顾吃呀玩呀,没有及时清扫,湖才渐渐地变臭了。常言道:'清洁带来幸福,肮脏带来痛苦。'咱们与其从这儿搬走,不如大伙齐心协力,动手把湖里彻底打扫一番,清除肮脏,收拾干净。"

听了老青蛙的话,主张搬家的青蛙觉得十分惭愧,闭上嘴巴没吭一声。最后,在老青蛙的带动下,青蛙们统统行动起来,打扫的打扫,清除的清除,很快就把湖底收拾得干干净净,碧波荡漾,清香扑鼻,非常美丽。

# 老鼠会议

一天，一群老鼠在一起开会，商量如何防御猫对它们的侵犯。

主持会议的老老鼠，首先从座位上站起来，说道：

"大家都清楚，长期以来猫把咱们糟蹋得够戗，它随心所欲地吃咱们的儿孙，眼前咱们面临着灭子绝孙的境地。要是再不想办法，连咱们自己也会被那可恶的猫咬死吃掉。今天就是要大家动动脑筋，对猫的侵犯想出个良好的对策来，怎么样？你们认为如何？"

一只满脸长瘊子的老鼠，翘起尾巴，眨巴着眼睛说：

"要想防御猫来侵犯，只有把咱们的洞再往深挖一挖。除此之外，别无法子。"

在座的老鼠们瞟了它一眼，嘿嘿笑起来。

"除往深挖洞外，还有没有别的办法？"老老鼠问。

老鼠们各叙己见，吱吱叽叽，交头接耳，把个会场弄得乱哄哄的。这时，一只小小的老鼠，呼地站起来说：

"朋友们,肃静,肃静!依我看,日夜轮流值班,假如发现猫鬼鬼祟祟溜来了,就立即通知大伙迅速跑进洞里藏起来。猫是钻不进洞里来的,它就会扫兴地走开。"

"我不赞成这个办法。"一只老鼠反驳道,"轮流值班多麻烦!还是从财主家偷只金铃铛来,系在猫的脖颈上,猫只要一动弹,金铃铛就会发出嘹亮的响声。咱们一听见这响声,就赶忙逃开。"

老鼠挤眼睛的挤眼睛,摆尾巴的摆尾巴,高兴得鼓起掌来,异口同声说:

"妙极了!就这么办吧。"

这时候,老老鼠瞥了所有老鼠一眼,说:

"这个办法倒挺新鲜。偷来财主家的金铃铛并不难,不过金铃铛偷来后,哪位敢拿着它去系在猫的脖子上呢?"

听了这话,在场的老鼠都垂下了脑袋,眼睛瞅着地,哑口无言……

搜集:艾西丁·塔提里克

151

# 老虎吃青蛙

有一天,青蛙突然和老虎碰到一起,青蛙问:

"你是谁呀?"

"我是老虎。"

"为何来这儿?"

"来寻着吃你这样的小动物,充充饥呗。"

青蛙听了这话,放声哈哈大笑,说:

"你真的敢吃我?我是谁,你知道吗?"

"那你是谁?"老虎还从来没见过青蛙,就问。

"我是青蛙,是此地的国王。'

老虎连连摇头,怎么也不相信。

"看样子你不相信?哈——哈——哈!"青蛙说,"那好,咱俩比试比试,看看谁的本事高强,你就知道啦。"

"比试什么本领?"

"跳远呗。瞧,前面有条河,看谁能跳到对岸?"

老虎答应了。它走过去打老远跑来,使劲一跳就跳到河对岸。青蛙咬住老虎的尾巴,也到了河对岸,可是老虎没有发现老鼠回头喊道:

"喂,青蛙!快快跳过来呀!"

"喊叫个啥哩,我早跳过来啦。"青蛙站在老虎背后嘟囔说。

老虎心里想:"噫,青蛙真个还有两下子呢!……"想着,满心忧愁。这时候,青蛙张开嘴,噗噗吹出几根虎毛。

老虎感到蹊跷,问道:

"青蛙,你嘴里哪来的虎毛?"

"昨儿个我把一只老虎囫囵吞进肚里,牙缝里钻进几根虎毛吗。"青蛙回答。

老虎见青蛙比自个还厉害,吓死它了,掉头就跑。跑啊跑啊,跑到一个地方时,遇上一只狐狸。狐狸问:

"阁下,看你急得,出什么事啦?"

老虎上气不接下气地讲了刚才发生的事。狐狸听了哈哈狂笑,说:

"青蛙在吹牛哩!走,咱们找它算账,叫它粉身碎骨。"

老虎依然心有余悸,退退缩缩不肯去。

"有我在,你害怕什么哩!"狐狸说。

"到了青蛙跟前,你跑掉咋办呢?"

"咳,原来你怕我跑了。"狐狸说,"来,把咱两个的尾巴拴在一

起。"

老虎和狐狸用绳子将它们两个的尾巴紧紧系在一起，去寻找青蛙收拾它。青蛙见两个家伙肩并肩朝自己走来，喊叫道：

"喂，狐狸！你说你逮只老虎给我当早餐，咋磨磨蹭蹭才带来呀？快些走，把老虎快快送来，我肚子饿得受不了啦！"

听了这话，老虎心想上了狐狸的圈套，拖着狐狸就跑。狐狸的心突突突直跳，叫喊道：

"哎哟，老虎，你如果害怕，就把你尾巴上的绳子解开，再逃呀！……"

老虎哪顾得上解开绳子，吓得飞也似的逃跑，最后将狐狸活活拖死了。